KB037159

한국에서 만난

아시아 여류작가 시선집

계　　　절　　　　의
다 섯 가 지　　색

계절의 다섯가지 색

한국에서 만난
아시아 여류작가 시선집

몽　　골　**멀얼게렐**

미 얀 마　**라르고**

일　　본　**야마구찌 히데꼬**

캄보디아　**최다연**

한　　국　**최지인**

contents

I. 몽골 **멀얼게렐**

II. 미얀마 라르고

contents

Ⅲ. 일본 **야마구찌 히데꼬**

Ⅳ. 캄보디아 **최다연**

contents

V. 한국 **최지인**

몽골 **멀얼게렐**

2004년에 한국으로 와서 한국어를 처음 배웠습니다.
현재는 의료통역사 및 인천광역시 블로그 기자로 활동 중입니다.
어렸을 때부터 시를 좋아했고,
가끔 혼자 시 쓰곤 했지만 한국어로 시를 쓸 거라고 생각을 못했죠.
많은 분들 덕분에 한국어로 시를 쓰기에 도전하고,
글 쓰다 보니 한국어 새로운 매력을 느끼게 되었습니다
여러분에게 저의 마음을 한국어로 전달할 수 있어 기쁩니다.
함께해 주신 분들, 감사합니다.

한국에서 만난
아시아 여류작가

계 절 의
다 섯 가 지 색

I

몽골
멀얼게렐

안개 속에

가로수 길을 따라
천천히 가는 한 사람,

길 끝에 뭐가 있든
한 걸음씩 전진하는 그 사람

안개 속 나무들은
보호하듯 옆에서 지켜주고

안개 속에 낙엽들은
친구하자는 듯 옆으로 내려간다.

생각에 잠겨 걷는 그 사람을 보니
생각나는 사람이 있네.

엄숙한 길을 따라
친숙한 뒤태 보인다.

칠십 넘은 지 오래된
친정아버지 생각 난다.

인생이라는 안개 속을 여전히
쉬지 않고 걷고 있는 우리 아버지,

보고 싶다.

가을 하늘

가을 하늘.
짙고,
깊고,
진한 파란 하늘

가을엔 모든 것이 짙어진다.
한 점 구름 색 깊어지고,
바람 탄 시원함 진해진다.
나뭇잎의 붉은색은 깊어간다.

커피 향도 짙어진다.
책의 한 구절도 깊어지고,
마음속 생각도 진해진다.
나이도 깊어간다.

가을 하늘
가을 색
가을 바람
가을…

변해가는 가을

스치는 바람에 낙엽은 지는데
창가에 앉은 나는 왜 이리 설렐까?
하나… 둘… 셋…
서서히 황금빛으로 변해가는 거리.
열… 스물… 서른…
점점 멀어져 가는 나의 청춘.
그러나 나를 철들게 하는 가을이다.

걸음마다 발 밑에서 나는
마른 낙엽의 바스락 소리,
두 손에 모은 노란빛 잎
이제는 그저 또한 해가 지나간다는 의미일 뿐.
분명 같은 자리에
분명 같은 가을, 같은 낙엽일 텐데
마음속에 들어오는 것은
새롭고, 신비롭고 다양한 생각들.

그러나
예전 같은 슬픔… 그리운 생각들 아니었다.
매일 다르고, 매일 봐도 신기한
나의 작은 아씨들 생각뿐이었다.

하나… 둘… 셋씩
나이 먹어가는 큰 공주.
한 달… 두 달… 세 달…
하루하루 커가는 작은 꼬맹이
둘 다 엄마를 설레게 하는 신비로운 존재들이다.

행복

무지개는 화려해도 허공일 뿐 잡히지 않듯이
행복을 쫓아다니거늘 어찌 아니 잡힐까?
고달프게.

느긋하게 가다려야 나비가 꽃을 찾아오듯
하루에 한번이라도 웃음 있기를 나는 기도해 본다
겸손하게.

단 한번일지라도 좋은 일이 이슬처럼 머금고 있을 때
손바닥에 하나씩 모아 본다
살포시.

방울들이 모아 드넓은 바다 이루듯
행복한 순간들이 만나 나의 삶이 되리
찰랑이며.

"친구"

은빛 달
혼자 외로워서
매일 밤 나를 찾아온다

매일 다른 모습으로…
매일 다른 이야기로…

멀뚱하게 달을 쳐다보고 있으면
맑게 웃다가
머뭇거림 없이 마음 열어
나는 기분이 좋아진다.

자기를 닮았다고
저 달이 나를 좋아하고
나를 지켜준다고
나는 달을 좋아하고

내 친구가 되고 싶어
내 길을 밝혀주다가
내가 슬퍼 울면 토닥거려 주다가
내가 기뻐 행복하면
내게 밝은 빛 미소를 보낸다.

매일 다른 이야기로
매일 다른 모습으로

나는 그렇게
저 은빛 달을 찾아간다.

Найз

Мөнгөн саран
Ганцаар уйдаад
Үдэш бүр надруу ирнэ.
Өдөр бүр өөр төрхтэй
Өдөр бүр өөр үлгэртэй
Удаан гэгч нь сарыг ажхуйд
Гэнэхнээр инээж ..
Ямар нэг юм хэлэх гэсэн мэт эргэлзээд
Сэтгэл догдлоод нэг л сайхан болчихно.
Өөртэй нь адилхан гэж
Тэр сар надад дуртай
Намайг хамгаалдаг гэж
Би сард дуртай.
Надтай найзлах гэсэндээ
Замыг минь гэрэлтүүлж өгнө.
Намайг гуниж уйлвал
Аргадан тэвэрч өгнө.
Намайг баярлаж жаргалтай байвал
Сарны туяан инээмсэглэлээ илгээнэ.
Өдөр бүр өөр үлгэртэй
Өдөр бүр өөр төрхтэй
Би ийнхүү
Тэртээх мөнгөн саран дээр очино.

소나기

봄에 꽃이 필 때면
그대가 울고 있겠지?
봄에 비 내릴 때면
나는 울고 있다네.

오! 무지개처럼
잡을 수 없는 인생이오
바람이 되어 나를
소녀에게 데려다 줘다오!
그리움에 메마른
그곳에 가서
소나기가 되고 싶소.

봄비

나는 비 한 방울

가냘픈 잎에 앉아서

산들거리는 바람을 맞고

꽃향기에 취해

놀고 있는 봄비 한 방울.

바다

1
거품을 몰아치는
파도는 거짓말쟁이.

거센 힘을
흰 거품으로 감추고
아름다운 모래알 뒤로 숨겼네.
숨죽여 사냥감 보는 호랑이처럼.

2
나는 파도가 노니는 바다,
늘 요동치고,
나는 호기심 많은 바람,
늘 돌아다니고.

나는 부드러운 흰 구름,
늘 들떠 있고.
나는 맑은 파란 하늘,
늘 평화로운…

소설

보라 하늘, 파란 별들 사이에
초록 달님 떠 있고,
실구름으로 몸 감싼 채,
세상이라는 소설 읽으며
다음 한 장으로 넘기고 있네.

보랏빛 하늘에서 보는
흥미로운 소설은 시작도 없고
끝도 없어
게으른 달 여사는
귀찮게 한 장 한 장 넘기고,
주인공들을 내다보며
혼자 웃는다.

비 내린다

비가 내리고
생각이 내리고

방울들 흐르고
시간이 흐르고

톡톡 우산을 치는 장난꾸러기들
뚝뚝 마음을 두드리는 생각들…

비가 내린다.

강한 자

꽃은 눈을 통해
마음으로 가서
사랑을 퍼뜨리며 떠나가는
자연의 선물인 것 같다.

사람 가슴에
봄이 오면
비로소 떠나가는
가냘픈 잎, 부드러운 봉우리들
강철보다 강하다네.

씨앗 시

이슬 같은 시 한 가락이
풀잎에 머금고 철렁거려,

마음에서 불어오는 바람이
장난치며 툭 쳐 본다.

잎사귀 따라 내려온 시 방울들
흘러흘러 땅에 스며든다.

곧 아름다운 시 한 송이 피어나리니…

지금 생각나는 사람

본인이 아파도 나를 위해 기도하는 사람
본인이 힘들어도 나를 먼저 챙기는 사람
본인이 상처받아도 나를 보호해 주는 사람
본인이 굶어도 내 입에 밥을 넣어 주는 사람은
엄마…
딸은 지금 엄마가 되는 법을 배우는 중이다.

내가 아팠을 때 내 입에서 가장 먼저 부른 사람
내가 힘들고 지쳤을 때 내 머리에 먼저 떠오른 사람
내가 상처를 입어 괴로울 때 그리운 사람
내가 두렵고 겁이 날 때 찾는 사람도
엄마!
딸은 지금 엄마를 찾는 중이다.

조국

끝없는 초록 비단을
은실로 박음질하고
금 보석으로 꾸민 것처럼
넓은 초원에
강물은 반짝이며 흐르고
태양은 눈부시게 비치네

나는 좋아한다
이 대자연을.

아버지의 자리를 지키고
어머님의 품을 회고하며
조국의 산은 하늘 높이 우뚝 솟아 있고
조국의 토지는 따뜻하게 감싸네…

나는 좋아한다
이 정다운 자연을.

모래알

작고 작은 모래알
비바람 맞으면 무너지고
그 만큼
더 단단해지는 모래알

굳어 버리면 강하게
오래가는 모래알
따뜻하게 대하면
유리가 되어 반짝이는 모래알
잘못 불어버리면
눈에 들어가 괴롭히는 모래알

온 세상을 탐구하는
떠돌이 모래알
오늘은 해변가에서
짠물을 맞고
따스한 햇볕을 쬔다.

내일은 산에서
맑은 공기 마시다가
잎새에 이는 바람을 타
조용히 땅속으로 스며들겠지.

나는 떠돌이 모래알 하나

Хүн хамхуул

Бөөн цагаан бодлууд салхинд гандан бөндөгнөхөд
Хураа харамласан тэнгэр хуйсгануур эхнэр мэт нүүр
буруулан хүрэнтэнэ.
Цэнхэр салхинд туугдах зэвхий хамхуул л харин
доогтойгоор
Тэднийг мартаад надтай яв хэмээн инээхэд дэр хийтэл
шувууд үргэнэ.

Шимгүй хөшилдсөн бие нь өгөршиж гүйцсэн өргөснөөс
өөр юмгүй
Хөндий цээж нь инээдийн цуурай ч тогтохгүй үргэлж
хоосон оргино
Хатсан дэрс бүрийн ёроол царайчлан гүйх хамхуул
хөөрхийлэлтэйгээр
Тамтаг болтлоо талын салхинд хичнээн туугдавч хаана
ч үл хүрнэ.

2018.08

Бороо

Бороо нь хүртэл дурсамж сэргээх
Бор талаар нь гүйсэн монгол нутагтаа
Дээрээс шивших бороонд
Дээвэр дээр бүжиглэх бороонд
Дэгэж дэрвэж инээж баясаж явж,
Даялсан өрхийг татах гэж дараа нь
Дээлэндээ орооцолдон гүйж байж.

Нэвширтэл норсон гэрийн эсгийнээс
Нарийн салхи шингэсэн хөдөсхөн үнэр ханхалдаг байж.
Нойтон аргал шаржигнан асах дуунд
Нойр үргээн үлгэр ярилцан суудаг байж.

Эгэл жаахан зангаараа ус туучин гүйсээр
Энгүй хөшиг мэт бороон дундуур зүсэн харайдаг байж.
Хамаг хувцасаа шалба норгосон ч
Ханатлаа инээж ханатлаа тоглодог байж.

Миний, бага насны элдэвтэй өдрүүд
Миний, бор талд хүн болж хүмүүжсэн өдрүүд
Яг л энэ намрын бороо шиг
Яг ингээд сэтгэлд зүсэрч байна. . .

Намрыг би эрж

Намрыг би эрж
Навчис дунд алхална.
Дурсамж болоод бодолууд
Дундаршгүйгээр цээжинд эргэлдэнэ.

Навчисаа гөвсөн модод эрхэмсэгээр тэргүүнээ өргөж
Намар намартаа ийм л байдаг гэсэн шиг
Намайг ч бас хамтад нь ганхуулахад
Навчис шиг гандсан дурсамж нэг нэгээр хийсэн одно.

Хөглөрсөн навчис дунд
Хөл дор шаржигнах навчис дунд
Хамаг үнэнээ гээчихээд эрэх адил
Хамаг ухаанаараа тэмтчин зогсоно.

Салхи нь сэрүүхэн намар нь
Сэм сэмхэн гуниг шивнэчихээд
Улаа бутарсан навчисан дунд
Удаан гэгч намайг хоргоосоор одно.

Намар чи
Нас нэмээд одохдоо
Намайг бас
Ухаажуулнам.

Намар чи
Дурсамж сэргээн одохдоо
Намайг бас
Уяруулнам.

Намрыг хайн зогсох надад
Навчисаа үдэх модод хариулна.
Намар гэж байхгүй
Навчис ч бас байхгүй....

16.11.10

Нимгэн гуниг

Дахиад л хүндхэн санаа алдана...
Зүүдээр минь тоглон гүйгээд өнгөрөх үнэг
Нимгэн гунигийг хөндчихөөд
Нулимсан мөр үлдээн одно.

Санаа алдахад
Санчигний үс шанаа уруудан ирж
Дагаад урсах нулимсыг арчаад
Дэрэн дээр минь шингээн үднэ.

Аргагүйдээ би чамайг мартах л гэж
Аашаа хүртэл нуун өөрийгөө цоожлоходоо
Хэзээ ч нар тусахгүйг мэдсэн хэрнээ
Харанхуй зүрхээ нандигнан нандигнан байсым.

Хамхуул ч хийсгэх чадалгүй болсон сэтгэлд минь одоо
Хаа сайгүй хөглөрөх чиний зурагууд,
Нэг л өдөр эзэндээ хүрнэ гэж горьдох
Илгээж амжаагүй захидалууд...
Хүний хүү чи анзаараагүй
Хүүхэд насны минь өдрүүд...
Хаая хаая ахан сургыг чинь дуулахдаа
Хачин ихээр сандрах аттахан зүрх л байнам.

Хэдийнээ дасал болсон үгүйлэхийн дуундаа
Хэн нэгэн биш чамайг л ганцхан багтаан
Дэггүй салхи дууг минь таслаад тохуу болгохвий гэхдээ
Дэндүү...дэндүү аяарханаар зүрхэндээ би дуулдаг байсан юм.

Зүүдэнд ирсэн дивaажингийн хүлэг

Дивaажинруу намайг авч одох
Дэлт хүлэг минь чи хүлээ
Харанхуй энэ ертөнцөд чам шиг би гялалзаж амьдраагүй ч
Хурын дусал мэт олон олон өдрүүдийг
Аз жаргал баяр баяслаар өнгөрөөн байнам
Ахиад ч бас олон он жилүүдийг өнгөрөөхийг хүснэм.

Өнгө алаг чам шиг алдаа оноотой өдрүүд олон байсан ч
Өнөөдөр би түүгээр бахархан суунам.
Галт туурайтай чам шиг би дүүлэн дэрвэх
Ганган бүхэнд сэтгэл татагдаж явсан үе ч байнам,
Усний долгио мэт халиурах дэл шиг чинь
Урсгал дагах мэт урсаж явсан үе ч байнам.
Хэрэв зээ
Сэтгэлд минь гал нэмээд буцах юм бол чи миний анд бол.
Сайхан хорвоогоос намайг дагуулан одох юм бол харин
ингээд хагацья даа

Бүдрээд унахад татаад босгох нар нь гийсэн,
Уйлаад суухад нулимс арчих салхи нь үлээсэн
Хүний энэ орчлонд би маш ихээр хайртай
Хатуу ч бай зөөлөнч бай энэ замбуулинд би
Дивaажингаас илүү жаргаж суунам.
        шидэт хүлэг минь...
буц даа...

봄, 여름, 가을, 겨울

끊임없이 돌아가는 계절의 변화에 따라

마음속에도 많은 변화가 이뤄진다.

그 찰나의 순간은 어쩌면 우리에게

큰 의미이고, 그 순간을 놓치기 아쉬울 때가 많죠.

그때 마음을 달래고 꺼내주는 것은 '시' 아닐까 싶습니다.

여러분도 마음의 소리를 들어보시고 마음속의 '시'를 꺼내 보세요.

멀얼게렐

미얀마 라르고(Largo)

연세대학교 국어국문학 박사 수료
Yonsei University [Korean Language and Literature]

연세대학교 국어국문학 석사 졸업
Yonsei University [Korean Language and Literature]

만달레이 외국어 대학교 한국어학 학사
University of Foreign Languages, Mandalay

한국에서 만난
아시아 여류작가

계 　 절 　 　 의
다 섯 가 지 　 색

II

미얀마
라르고(Largo)

사랑해서 하는 얘기야 5

사랑하는 그대여, 오늘날은 사랑에 장애(障碍)가 있다네
2008 헌법, 내전, 의식이 없는 군중, 전체주의에 빠진 이들,
그리고 살인자들

사랑이란
이른 봄에 새순이 돋아난 듯이 저절로 일어나는 감정이야

사랑이란
나뭇잎이 초록이 되도록 나무뿌리가 저 어둠캄캄한 곳에서
모든 고통과 고뇌를 겪는 것이야.

사랑이란
강(江)을 위에서 저 아래까지 밤낮 쉼새없이 보살피는 것이야

요즘의 시대가 난장판이 되어가는 것처럼
사랑 또한 정리가 안 된다는 것을….
쁘다욱꽃[1] 피기 전에 사랑도 국가에 억압받고
사랑을 하되 나라 사정을 보고 해야 하고
사랑을 하되 시대의 흐름을 살펴봐야겠지.

---

[1] 미얀마 국화 (학명: *Pterocarpus macrocarpus*)

언제든 폭탄이 터질 수 있다는 것을

언제든 꼬리표를 자랑스럽게 여기는

미친 놈들과 마주칠 수 있다는 것을

언제든 보고 싶은 마음이 커져 바다가 될 수 있다는 것을

전쟁은 말이야

우리 가슴속에 늘 일어난 법이야

가슴 속에 치르는 시대라는 것을

'사랑'과 '전쟁'은 늘 공평하다고? 천만의 말씀.

'사랑'과 '전쟁'은 공평한 것도 없고

'사랑'과 '전쟁'은 늘 "이기적인 마음이야"

오로지 이 "이기적인 마음"뿐이라는 것을.

강(江)은 꼬불꼬불해야 아름답다고?

강(江)도 있잖아? 지 마음대로 꼬불꼬불하게 흘러가는 거야.

자자자~! 이기적인 마음 중에 어떤 종류의 옷을 만들어 입을래?

미얀마 시인 **아웅웨이** 〈모마카 미디어(Moemaka Media)_ 201802325〉

ချစ်လို့ ရေးတဲ့ ကဗျာ ၅

/ အောင်ဝေး (မိုးမခ) (ဖေဖော်ဝါရီ ၂၅၊ ၂၀၁၈)

အချစ်မှာ ရန်သူမျိုးငါးပါးရှိတယ် ခင်။
၁။ ၂၀၀၈ ဖွဲ့စည်းပုံ
၂။ ပြည်တွင်းစစ်
၃။ သေနာပတိပျက်လူတန်းစား
၄။ အမျိုးသားရေးအစွန်းရောက်
၅။ လူသတ်ဝါဒ
အချစ်ဆိုတာ
နွေဦးမှာ
ပုရစ်ဖူးလေးတွေ ထွက်လာသလို
သူ့အလိုလို ဖြစ်လာတဲ့အရာ။
အချစ်ဆိုတာ
သစ်ရွက်ကလေးတွေစိမ်းနေဖို့
အမြစ်က အမှောင်ထဲ
ဒုက္ခပ်သိမ်းရင်ဆိုင်သလိုပေါ့ ။
အချစ်ဆိုတာ
မြစ်ကို ခြေဆုံးခေါင်းဖျား
အရိုးတကျည့်ကျည့် စောင့်ရှောက်ရတာမျိုးပါ။
ခေတ် မကောင်းတော့
အချစ်လည်း
မကောင်းရှာဘူးပေါ့ ။
ပိတောက်မပွင့်မီစပ်ကြား
အချစ်လည်း
နိုင်ငံရေးလက်အောက်ခံ။

ချစ်တော့ ချစ်ပါ
နိုင်ငံရေးကိုလည်းကြည့်။
ချစ်တော့ချစ်
ခေတ်ကို မျက်ခြည်မပြတ်စေနဲ့။
အချိန်မရွေး
ငုံးတွေ ထပေါက်နိုင်တယ်။
အချိန်မရွေး
လက်မှုတ်ရအရှုံးတွေနဲ့တွေ့ နိုင်တယ်။
အချိန်မရွေး
အလွမ်းပင်လယ်ဂေသွားနိုင်တယ်။
စစ်က
ရင်တွင်းမှာ အမြဲဖြစ်နေတဲ့
ရင်တွင်းစစ် ခေတ်ကြီးလေ။
"အချစ်နဲ့စစ်မှာ
မတရားတာမရှိ"
ရမ်းမဖြီးပါနဲ့ ကွီရယ်။
အချစ်နဲ့စစ်မှာ
တရားတာလည်း မရှိပါဘူး။
အချစ်တို့
စစ်တို့ဆိုတာ
အတ္တပဲ ရှိတာပါ။
မြစ်ဆိုတာ ကွေ့မှလှသတဲ့
မြစ်ကလည်း
သူ့အတ္တနဲ့သူ ကွေ့မြို့။
ကဲ- ဘယ်အတ္တကို
အကျိုချုပ်ဝတ်ရမှာလဲ။ ။

엄마, 새로운 이야기해 줘

엄마가 그랬잖아?

동화의 마지막 페이지엔

선한 사람들이 이기는 해피 엔딩만 있다면서요?

엄마가 해준 이야기

안 끝났어요?

아직

악당은

악한 일만 계속하고

못된 짓만 계속하고

그들이

언제 멈출 건가요?

저는요

악당이 세상을 차지하는

이 이야기를

더 이상

듣고 싶지 않네요.

제발, 새로운 이야기만 해줘요.

미얀마 시인 니쥬라인 〈모마카 미디어(Moemaka Media)_ 20170510〉

ပုံပြင်အသစ်ပြောပါမေမေ

/ နီဇူလိုင် (မိုးမခ)(မေ ၁၀၊ ၂၀၁၇)

မေမေ

မေမေပဲ ပြောတော့

ပုံပြင်အဆုံးမှာ

လူကောင်းတွေပဲ နိုင်ရမယ်ဆို…။

မေမေ့ပုံပြင်

မဆုံးသေးဘူးလား…။

ခုထိ

လူဆိုးတွေက

ဆိုးလို့ကောင်းတုန်း

ခိုးလို့ကောင်းတုန်း

အနိုင်ကျင့်လို့ကောင်းတုန်း..။

သူတို့

ဘယ်တော့ရှုံးမှာလည်း မေမေ..။

သမီးတော့

မတရားမှုတွေအဆုံးမသတ်နိုင်သေးတဲ့

ဒီပုံပြင်ကို

မုန်းတယ်..။

ပုံပြင်အသစ်ပြောပါမေမေ..။ ။

입은 열정적으로 움직이고

열고 닫음이 잦으니 경첩이 느슨해지고
음식을 취할래 이야기꽃을 피울래

음악도 나오고
열정적인 아이디어도 나오고
본인 의지에 따라 움직이는 입
때론 달콤하고 때론 시큼하고
때론 '안녕'이라는 말도 나오고
때론 "XXX"이라는 거친 말도 나오고

눈이 마음의 문이라네 여기서 안경이 불쑥 나오고
입은 말을 만들어내는 폭포인가
입은 숨어있을 수 없는 벼락인가

본인 스스로 아끼는 입
상대를 부추기는 입
설법을 하는 입
불공평한 일을 하는 입
융통성 있는 입
굶어 죽기 직전의 입
쫄고 있는 입
거짓말을 하고 있는 입

사치스러운 일을 하는 입

죽음에 대한 얘기를 하는 입

소식을 전하고 있는 입

누군가의 뒷담화를 하고 있는 입

입은 하루종일 쉬지 않고 끊임없이

때론 감탄하고 때론 웃고

노래하고 작곡하고

입의 움직임이

중국의 무술보다 더 심오할 수 있다는 것

입은 하루종일 끊임없이 움직이고

심지어 잠자고 있을 때도 잠꼬대를 하고

입은 열심히 열정적으로

더 이상 새로운 입을 가질 수가 없으니

오래된 이 입을 닦고 또 닦고 ~

다시 태어난 입

미얀마 시인 린땃흐네인 〈모마카 미디어(Moemaka Media)_ 20161012〉

ကြိုးကြိုးစားစားပါးစပ်

/ လင်းသက်ငြိမ် (မိုးမခ)(အောက်တိုဘာ ၁၂၊ ၂၀၁၆)

အဖွင့်အပိတ်များလွန်းတော့ ပတ္တာတွေကိုချောင်လို့
အစာစားမလား စကားများမလား
ဂီတလည်း ပွင့်တယ်
အာသီသတွေလည်း လွင့်တယ်
ပါးစပ်က လိုတာမျိုး မလိုတာမျိုး
ပါးစပ် ချို့လိုက် ချဉ်လိုက်
မင်္ဂလာပါလည်း ထွက်ကျတတ်သလို
ဆဲရေးသံတွေနဲ့လည်း ပစ်ပေါက်တတ်
မျက်လုံးက စိတ်ရဲ့ပြတင်းပေါက်တဲ့ မျက်မှန်တွေထွက်လာတယ်
ပါးစပ်က စကားလုံးရေတံခွန်လား
ပါးစပ်က ဖုံးကွယ်လို့မရတဲ့ချောက်ကမ်းပါးလား
ကိုယ့်ကိုယ်ကို သလွန်းတဲ့ပါးစပ်
သူများကို တွန်ထိုးတဲ့ပါးစပ်
တရားဟောတဲ့ ပါးစပ်
မတရားပြောတဲ့ ပါးစပ်
အထာနပ်နေတဲ့ ပါးစပ်
အစာငတ်နေတဲ့ ပါးစပ်
သိမ်ငယ်နေတဲ့ ပါးစပ်
လိမ်လည်နေတဲ့ ပါးစပ်
ရွှေအကြောင်းပြောတဲ့ပါးစပ်
သေကြောင်းပြောတဲ့ပါးစပ်
သတင်းတွေနဲ့ပါးစပ်
အတင်းတွေနဲ့ပါးစပ်
ပါးစပ်ဟာတနေကုန်မရပ်မနား
အုံ့သြလိုက် ရယ်မောလိုက်

ဝေးသည်းလိုက် ဘေးတီးလိုက်
ပါးစပ်ရဲ့လှုပ်ရှားမှုအမျိုးမျိုးက သိုင်းကျမ်းထက်ထူပါလိမ့်မယ်
ပါးစပ်တွေဟာ တနေ့ကုန် မရပ်မနား
ညအိပ်တာတောင် ယောင်ယောင်ပြီးဟာဟာလာ
ပါးစပ်ဟာ ကြိုးကြိုးစားစား
အသစ်တပ်မရတော့လည်း
အဟောင်းကိုပဲ တိုက်ချွတ်ဆေးကြောပြီး
အသစ်တဖန် နိုးထလာတဲ့ပါးစပ်တွေ ॥

국가

한 사람은 비행기가 되고 싶어한다.
한 사람은 낙하산이 되고 싶어한다.

한 사람은 총이 되고 싶어한다.
한 사람은 총알이 되고 싶어한다.

한 사람은 불이 되고 싶어한다.
한 사람은 물이 되고 싶어한다.

한 사람은 돈이 되고 싶어한다.
한 사람은 지갑이 되고 싶어한다.

한 사람은 술을 마시고 싶어한다.
한 사람은 도박하고 싶어한다.

한 사람은 법문을 듣고 싶어한다.
한 사람은 부엌일을 하고 싶어한다.

한 사람은 오토바이를 타고 싶어한다.
한 사람은 자전거를 타고 싶어한다.

한 사람은 차를 사고 싶어한다.
한 사람은 달러를 사고 싶어한다.

한 사람은 청각장애인이 되고 싶어한다.
한 사람은 장애인이 되고 싶어한다.

한 사람은 전쟁이 일어나기를 원한다.
한 사람은 온 세상이 평화롭기를 원한다.

한 사람은 여자가 되고 싶어한다.
한 사람은 남자가 되고 싶어한다.

한 사람은 전화를 걸고 싶어한다.
한 사람은 전화를 받고 싶어한다.

한 사람은 성욕이 과다하다.
한 사람은 성욕이 부족하다.

한 사람은 감옥에
한 사람은 모기장에
한 사람은 텔레비전을 시청한다.

한 사람은 중얼중얼한다.
한 사람은 조용하다.

한 사람은 안경을 끼고 있다

한 사람은 계산기를 두드리고 있다

한 사람은 밥을 하고 있다.

한 사람은 머리가 없다.

한 사람은 손이 없다.

한 사람은 귀가했는데도 집에 도착하지 않는다.

한 사람은 귀가를 안 했는데도 집에 도착한다.

한 사람은 결혼식을 올리고 있다.

한 사람은 장례식을 치르고 있다.

한 사람은 촬영을 하고 있다.

한 사람은 노래하고 있다.

한 사람은 마이클 엔잘로에게로 향하고 있다.

한 사람은 지단에게로 향하고 있다.

한 사람은 영국의 수도 런던으로 가고 있다.

한 사람은 가족의 품으로 돌아갔다

한 사람은 친구들에게로 향하고 있다.

한 사람은 국회에서 법을 만들고

한 사람은 수갑을 차고 가고 있다.

한 사람은 가족과 함께

한 사람은 외롭게

한 사람은 울고 있고

한 사람은 웃고 있고

한 사람은 꽃이 피고

한 사람은 폭포와 같고

한 사람은 페이스북을 쓰고 있고

한 사람은 굶주림에 시달리고

한 사람은 피가 돌고 있고

한 사람은 잔잔하고

한 사람은 소리 지르고

한 사람은 여행가고

한 사람은 돈 벌고

한 사람은 돈 낭비하고

한 사람은 시를 읊고

한 사람은 산책하고

한 사람은 뜬구름 잡고

한 사람은 노래에 푹 빠지고

그러면서 연결고리 하나에

묶여 매듭이 되어

큰 강 4개와 도(道)와 주(州) 14개에

경계선이 뚜렷한

꼬불꼬불한 칭찬으로 가득한 앞날

한 편의 공포 영화일까

건조한 시나리오일까

기억도 잃고

황금도 잃어버린

시(詩)는 익지 않고 귤밭에 스쳐 지나간

바람에 휘날리는 국기(國旗)

후진 생각과 창(槍)처럼 뾰족한 말

내일이라는 것은 너와 나의 사랑처럼 멀지 않다

화장품이 가득한 파우치를 뒤집고

거실에 있는 화병에 국화꽃을 꽂아라

장미꽃이 비둘기가 될 때까지

미얀마 시인 또나웅모 〈모마카 미디어(Moemaka Media)_ 20171126〉

နိုင်ငံတော်

/ တိုးနှောင်မိုး(မိုးမခ) (နိုဝင်ဘာ ၂၆၊ ၂၀၁၇)

လူတယောက်က လေယဉ်ပျံဖြစ်ချင်တယ်
လူတယောက်က လေထီးဖြစ်ချင်တယ်
လူတယောက်က သေနတ်ဖြစ်ချင်တယ်
လူတယောက်က ကျည်ဆံဖြစ်ချင်တယ်
လူတယောက်က မီးဖြစ်ချင်တယ်
လူတယောက်က ရေဖြစ်ချင်တယ်
လူတယောက်က ပိုက်စံဖြစ်ချင်တယ်
လူတယောက်က ပိုက်စံအိတ်ဖြစ်ချင်တယ်
လူတယောက်က အရက်သောက်ချင်တယ်
လူတယောက်က ဖဲရိုက်ချင်တယ်
လူတယောက်က တရားနာချင်တယ်
လူတယောက်က မီးဖိုချောင်ထဲဝင်ချင်တယ်
လူတယောက်က ခြင်ထောင်ထဲဝင်ချင်တယ်
လူတယောက်က ဆိုင်ကယ်စီးချင်တယ်
လူတယောက်က စက်ဘီးစီးချင်တယ်
လူတယောက်က ကားဝယ်ချင်တယ်
လူတယောက်က ဒေါ်လာဝယ်ချင်တယ်
လူတယောက်က နားပင်းချင်တယ်
လူတယောက်က ဆွံ့အချင်တယ်
လူတယောက်က စစ်ကိုလိုလားတယ်
လူတယောက်က ငြိမ်းချမ်းရေးပဲလိုချင်တယ်
လူတယောက်က မိန်းဖြစ်ချင်တယ်
လူတယောက်က ယောက်ျားဖြစ်ချင်တယ်
လူတယောက်က ဖုန်းဆက်ချင်တယ်

လူတယောက်က ဖုန်းမကိုင်ချင်ဘူး
လူတယောက်က လိင်စိတ်ပြင်းတယ်
လူတယောက်က လိင်စိတ်ကုန်ခမ်းနေတယ်
လူတယောက်က အချုပ်ခန်းထဲမှာ
လူတယောက်က ခြင်ထောင်ထဲမှာ
လူတယောက်က TV ကြည့်နေတယ်
လူတယောက်က ပါးစပ်ဆိုင်းတီးနေတယ်
လူတယောက်က ပြာကျနေတယ်
လူတယောက်က မျက်မှန်တပ်ထားတယ်
လူတယောက်က ဂဏန်းတွက်နေတယ်
လူတယောက်က ထမင်းချက်နေတယ်
လူတယောက်က ခေါင်းမပါဘူး
လူတယောက်က လက်မပါဘူး
လူတယောက်က အိပ်ပြန်တာအိမ်ပြန်မရောက်ဘူး
လူတယောက်က အိမ်မပြန်ပဲအိမ်ပြန်ရောက်နေတယ်
လူတယောက်က မင်္ဂလာဆောင်နေတယ်
လူတယောက်က အသုဘချနေတယ်
လူတယောက်က ဖလင်ပေါ် ခုန်တက်တယ်
လူတယောက်က စီဒီချပ်ပေါ် ခုန်တက်တယ်
လူတယောက်က မိုက်ကယ်အင်ဂျလိုဆီသွားတယ်
လူတယောက်က ဇီဒန်းဆီသွားတယ်
လူတယောက်က ဘော်တဲလားဖြစ်သွားတယ်
လူတယောက်က လန်ဒန်မြို့ကြီးဖြစ်သွားတယ်
လူတယောက်က မိသားစုဆီသွားတယ်

လူတယောက်က သူငယ်ချင်းတွေဆီသွားတယ်
လူတယောက်က လွတ်တော်ထဲမှာ
လူတယောက်ကလက်ထိပ်နဲ့ပါသွားတယ်
လူတယောက်က မိသားစုနဲ့
လူတယောက်က အထီးကျန်ဆန်နေတယ်
လူတယောက်က ငိုနေတယ်
လူတယောက်က ရယ်နေတယ်
လူတယောက်က ပန်းပွင့်နေတယ်
လူတယောက်က ရေတံခွန်ဆန်နေတယ်
လူတယောက်က facebook သုံးနေတယ်
လူတယောက်က ဆာလောင်နေတယ်
လူတယောက်က သွေးပူနေတယ်
လူတယောက်က ပြာကျနေတယ်
လူတယောက်က အော်နေတယ်
လူတယောက်က ခရီးသွားနေတယ်
လူတယောက်က ပိုက်စံရှာနေတယ်
လူတယောက်က ပိုက်စံဖြုန်းနေတယ်
လူတယောက်က ကဗျာရွတ်နေတယ်
လူတယောက်က လမ်းလျောက်နေတယ်
လူတယောက်က စိတ်ကူးထဲတိမ်တွေကိုပျိုးနေတယ်
လူတယောက်က သီးချင်းထဲခုန်ချသွားတယ်
အဲ့ဒီလိုနဲ့ အရေအတွက် တခုနဲ့ တခု
ချိတ်ဆက်တွေ ချိတ်ဆက်ထားတဲ့ ကြိုးထုံးဟာ
မြစ်ကြီးလေးသွယ်နဲ့ တိုင်းနဲ့ပြည်နယ် ၁၄ ခုနဲ့

အစပ်တွေနယ်ထားတဲ့နယ်စပ်နဲ့
ရှေ့ရေးတွေ တွန့်လိန်ကောက်ကွေးနေတဲ့ချီးကျူးမှုတွေနဲ့
စိမ်းစိမ်းစိုစို သရဲကားလား
ခြောက်ခြောက်သွေ့သွေ့ ဇာတ်ညွှန်းလား
အတိတ်မှေ့နေတယ်
ရွှေပျောက်နေတယ်
ကဗျာဟာမမှည့်ဝင်းခင် လိမ္မော်ခင်းထဲဖြတ်တိုက်သွားတဲ့
လေနဲ့ထိတွေ့မိသောအလံ
အတွေးနိမ့်နိမ့် လုံလှည့်ရှည်စကားလုံးများ
မနက်ဖြန်ဆိုတာမင်းနဲ့ ငါနဲ့အချစ်လောက်မဝေးဘူး
အလှပြင်ပစ္စည်းထည့်ထားတဲ့ အိတ်သွန်ဖာမှောက်သလို
ည့်ခန်းထဲကပန်းအိုးထဲ ဂန္ဓမာပန်းတွေထိုးထားတဲ့နိမိတ်
နှင်ဆီပန်းတွေ ချိုးငှက်ဖြစ်သွားတဲ့အထိ။

주연이 되고파 편애를 했네

고통을 받을 때마다 눈물이 나고
행복할 때 환하게 웃음이 나오고
지치고 힘들 때 한숨 나오네

보고 싶은 마음이 가득찰 때 노래 한 곡을 여러 번 듣게 되네
자기자신보다 타인을 사랑해야 자랑스럽게 생각하는 세상에
자기자신을 속이고 또 속이고 어리석음만 가득차네
이 어리석음이 깊은 밤보다 더 어두컴컴하다는 것을 ~

나는 있잖아? 자기자신을 더욱 더 사랑해
이른 새벽에 신성한 공기를 들이마실 수 있는 코가 있고
달님과 별들을 볼 수 있는 눈도 나한테 있다네

미얀마 시인 싸웅윤라 〈모마카 미디어(Moemaka Media)_ 20170906〉

ဇာတ်လိုက်ဖြစ်ချင်လို့ ဘက်လိုက်မိတယ်

/ ဆောင်းယွန်းလ(မိုးမခ) (စက်တင်ဘာ ၆ ရက်၊ ၂၀၁၇)

နာကျင်ခြင်းနဲ့ တိုက်ဆိုင်တိုင်း
မျက်ရည်ဝဲမိပါတယ်
ပျော်ရွှင်မှုနဲ့ ကြုံတဲ့အခါတိုင်း
ရယ်မောမိပါတယ်
မောပမ်းနွမ်းနယ်မှုမှာ
ပြီးတွားစုပ်သပ်မိပါတယ်
တမ်းတမှု ကမ္ဘာမှာ
သီချင်းတပုဒ်ထဲကို
ထပ်ခါ ထပ်ခါ နားထောင်မိပါတယ်
ကိုယ့်ကိုကိုယ်ထက်
သူတပါးကိုပိုချစ်ပြရမှ
ထမင်းဝတယ်ထင်တဲ့အခါ
မိမိကိုယ်မိမိ လိမ်ညာမိတဲ့ မုသာဝါဒ
မိုက်တွင်းထက် ပိုနက်ပြီး
ညနက်သန်းခေါင်ထက် ပိုမှောင်တယ်
ငါကတော့
ကိုယ့်ကိုကိုယ် ချစ်မြတ်နိုးတယ်
မနက်ခင်းရဲ့ လတ်ဆတ်တဲ့လေကိုရှူစရာ
နှာခေါင်းဟာ ငါ့မျက်နှာပေါ်မှာ
လမင်းနဲ့ကြယ်စင်တွေကို ကြည့်ဖို့
ငါ့မျက်လုံးတွေကလည်း ငါ့မျက်နှာပေါ်မှာ။

하늘은 나의 마음을 안다

그날

우울하고 서럽고 슬픈 날

그런 나의 마음을

하늘이 눈치챘는지

온 세상이 어둡고 깜깜하며

번개를 치고 비가 쏟아진다.

그날 나도 하늘도 울었다.

펑펑 울었다.

스쳐 지나간 인연에만 집착하려고 한다

수많은 별 중에 왜 녹색 별만 보려고 하는가?

숨으려고 하는 녹색 별

빨간 별, 노란 별, 흰 별, 까만 별이

많음에도 불구하고 왜 녹색 별만 보려고 하는가?

녹색 별이 숨으려고, 의도적으로 하는데도

나는 녹색 별만 찾으려고 한다.

인간은 가까이에 있는 수 많은 보석들을 외면한 채 저 멀리 그리고

도망친 녹색 별만 따려고 한다.

이 바보

긴장되는 이유

보통 그렇다지요.

강한 놈 앞에 서면 주눅들고

약한 자 앞에 서면 으스댄다지

그래서 나는 강한 놈 앞에 서면 주눅들지 않으려고 노력하고

약한 자 앞에 서면 거만한 행동을 하지 않으려고 노력하지.

헌데, 오늘 내가 어떤 이의 앞에 서게 되었는데

그는 강한자도 약한 자도 아니었다.

그저 예전에 만났던 사람이다.

그런데도 나는 한없이 쪼그라들고 열까지 난다.

왜 나는 긴장하는 것일까?

사랑이 주는 기쁨

때론 생각이 달라 답답할 때 있으나
잠시 스치는 바람에 지나지 않지

때론 세상 보는 눈 달라 미울 때 있으나
봄날 오시는 비처럼 금새 그치고 말지

때론 살아온 세상 달라 다툴 때 있으나
우르릉 쾅쾅하는 천둥처럼 지나고 말지

답답하고 밉고 다툴 때 있을지라도
그대 내 옆에 있어 행복한 나날인 것을

사랑이 주는 기쁨에
환희로 다시 태어나게 하는구나!

미소가 아름다운 그대

_ 前 _

미소를 지으며 편안함으로 다가온 그대

늘 편안함과 따뜻한 기운을 주는 그대

서로의 사랑을 확인시키기 전

느꼈던 감정들

_ 後 _

설렘과 희열을 주신 그대

편안함과 따뜻한 기운은 물론이고

여기에다 플러스해서

행복을 느끼고 있다는 것

이보다 더 좋을 수 없구나!

향기

'응애'… 하면서 내가 세상에 나왔다
사실 그 소리도 기억 못하지
엄마 품에 안겨 처음으로 향기를 맡았다
참 좋은 향기로운 것이었지
그때까지는 엄마의 향기가 최고라고 믿었기에

어느 새 사춘기가 다가왔고
엄마의 향기보다 더 달콤한 향기가 있다는 것
참 따뜻하고 설레고 어느 것보다 비교할 수 없는 향기
세상에 나의 한쪽인 님이었기에

세월이 지나 철이 든 나이가 되니
예전 엄마 품 속 향기보다
그리고 나의 한쪽인 님의 향기보다 더 푸근하고
한평생 맡을 수 있는 향기라는 것을
이제야 깨닫게 되었네
편안하고 평화로운 향기
그게 바로 나의 마음을 고요하게 해준
동녘 바람이 실어다 준 향기이었기에

ရန်

အ္ဟဲ...............ဆိုတဲ့ နှုတ်ဆက်ခြင်းနဲ့ အတူ လောကကြီးထဲ ရောက်လာခဲ့
တကယ်တော့ ဒီ နှုတ်ဆက်သံကို မမှတ်မိဘူးလေ
အမေ့ရင်ခွင်ထဲ ထွေးပွေ့ခံရင်း ပထမဦးစွာ ရန့်ဆိုတာ သိလာတာပေ့ါ
တကယ့်တကယ့်ကို သင်းပျံ့တဲ့ ရန့်ဆိုတာကို
အဲ့ဒီ အချိန်ထိ မေ့ရဲ့ ထွေးပွေ့မှု ရန့်က အကောင်းဆုံးပဲလို့ ထင်ခဲ့တာပေ့ါ

ဒီလိုနဲ့ ဆယ်ကျော်သက်အရွယ် ရောက်လာ
မေ့ရဲ့ ထွေးပွေ့မှု ရန့်ထက် ပိုမို ချိုမြိန်တဲ့ ရန့်ကို သိရှိလာခဲ့
အရမ်းကို နွေးထွေးပြီး ရင်ခုန်လှုပ်ရှားဖို့ ကောင်းပြီး
ဘယ်အရာနဲ့မှ နှိုင်းယှဉ်လို့ မရတဲ့ ရန့်ပေ့ါ
ဒီ ရန့်ရဲ့ ပိုင်ရှင်က ကျမရဲ့ အသဲတခြမ်းပေ့ါ

ဆယ်ကျော်သက် ဖြတ်သန်းလာပြီး အရွယ်ရောက်လာချိန်မှာပေ့ါ
မေ့ရဲ့ ရင်ခွင်ရန့်ထက်
ကျမရဲ့ အသဲတခြမ်းထက်
ပိုမိုပြီး သင်းပျံ့တဲ့ ရန့်
ကျမ ဘဝတခုလုံး အပ်နှံလို့ ရမယ့် ရန့် ရှိတယ်ဆိုတာကို သိရှိလာခဲ့တယ်

တိတ်ဆိတ်အေးချမ်းပြီး မွေးရန့် သင်းပျံ့တဲ့ ရန့်
ဒီ ရန့်ကတော့ ကျမရဲ့ စိတ်တွေကို နူးည့ံအောင် လုပ်ဆောင်ပေးတဲ့
အရှေ့တောင်လေက ပင့်ဆောင်လာတဲ့ ရန့် ......ဆိုတာကို။

အစိုးမရခြင်း တရား

ထာဝရ ချစ်သွားမယ်ဆိုတဲ့ အချစ်လည်း အေးစက်သွားပြီး
နောက်ဆုံးတော့ အနတ္တဆိုတဲ့ အစိုးမရခြင်းတွေ ဖြစ်သွား....

ထာဝရ တည်ဆောက်ကြမယ်ဆိုတဲ့ သံယောဇဉ်တွေလည်း ပြတ်တောင်းသွားပြီး
နောက်ဆုံးတော့ အနတ္တဆိုတဲ့ အစိုးမရခြင်းတွေ ဖြစ်သွား....

ဘဝလက်တွဲဖော်အဖြစ် တူတူ သွားဖို့ ဆုံးဖြတ်ထားသော်ငြား
နောက်ဆုံးတော့ ဆုံးဖြတ်ထားသော စိတ်တွေ လျော့နည်းသွား.....

တဆိတ် ပြောပြပေးပါ မိတ်ဆွေ
ဘယ်လိုလုပ်ပါက စိတ်တွေ ဘောင်ဘင်မခတ် တည့်တံ့နိုင်မလဲဆိုတာကို

無常에 대한 시입니다. 사랑, 정 그리고 마음이라는 추상적인 것들이 무상하다는 것입니다.
사랑에 빠졌을 때, 서로 정이 들고 함께 할 거라는 마음가짐들이 어느새 무상할 수 있다는 것을
표현한 내용입니다.

ချစ်ခွင့်ပန်မယ်

ပြောခဲ့ဖူးလား ရှင့်ကို ချစ်တယ်လို့.
ခံစားနိုင်လား ဖွင့်ပြောဖို့. အားမရှိတဲ့ ကျမရဲ့. တိုးတိတ်တဲ့ ရင်ခုန်မှုတွေ
ရှင့်ကို ကြည့်နေတဲ့ အခါတိုင်း
ကျမရဲ့. ရင်ဘတ်မှာလေ နွေဦးလေးပမာ ချယ်ရီပန်းလေးတွေ အပြည့်ဖွင့်တယ်လေ
ဟုး ....အဝေးက နေရောင်ခြည် နွေးနွေးလေး
ဟုး....အဝေးက နွေးထွေးတဲ့ လေးညင်းလေးက ကျမကို ပြောနေလေရဲ့....
ဒီနေ့. ချစ်ခွင့်ပန်ပါလို့.......

ဒီနေ့.တော့ သတ္တိမွေးဦးမှ
ဒီထက် ဖုံးကွယ်မထားချင်တော့
ရှင့်ကို သိပ်ချစ်နေပါတယ်လို့. ပြောလိုက်ရင် ကျမရဲ့. ခံစားချက်တွေ ရှင်ဆီ
ရောက်ပဲ့မလား
ရင်ခုန်နေတဲ့ ဒီ စိတ်တခုတည်းကို ယုံစားပြီး
ရှင့်ကို ကျမ ရင်ဖွင့်တော့မယ်
ကဲ.....ကျမ အခုပဲ သူ့ဆီ သွားနေပါပြီ

〈고백〉 봄날의 햇살이, 그리고 봄날의 향긋한 꽃향기가 사랑하는 사람이 있으면 얼른 고백하라
고 용기를 주는 듯합니다.

သူ့အတွက် ရေးတဲ့ ကဗျာ

ကျမရဲ့ ရင်ခုန်မှုတွေကို ဖွင့်ဟဖို့ ကဗျာတပုဒ် လိုအပ်တယ်

ဒါကြောင့် ကျမလေ ပိုင်ရှင် ပေးဖတ်ခွင့် မရတဲ့ ကဗျာတွေ ရေးနေမိတယ်

ကျမ ရေးထားတဲ့ ကဗျာကလေ

ပိုင်ရှင်ကို ပြခွင့်မရှိတဲ့ ကဗျာ
သိုလှောင်ခံရမယ့် ကဗျာ
သနားစရာကောင်းတဲ့ ကဗျာ

တိတ်တိတ်လေး ကြေကွဲနေမယ့် ကဗျာ ဖြစ်နေလေရဲ့။

제목은 〈전해주지 못한 시 한 편〉.
사랑하는 사람이 생겼는데 여러 가지의 이유로 다가가지 못하고, 그 사람을 위한 시 한 편을 썼다
는 내용입니다. "주인에게 가지 못한 시, 일기장이라는 창고에 박혀 있는 시, 불쌍하고 혼자 우울
하게 되어 버린 시" 이런 내용입니다.

나의 원래 관심사는 인문학이다. "인문학은 인간을 이해하고 사회를 보는 눈을 뜨는 것이다."고 홍세화 선생님께서 말씀하셨다. 인문학을 접하다 보면 철학을 알아야 하고, 사회과학은 물론이고 역사도 포함되어 있다. 여기에 시도 꼭 들어간 항목이라고 볼 수 있다. 시는 간략하고 독자에게 전달하고자 하는 내용이 압축되어 있어 보는 사람의 눈높이에 따라 상상을 얼마든지 할 수 있다고 본다. 나의 시를 보면 자작시보다 번역한 시가 많다. 자작시를 짓기에는 아직 이르다고 보며 한국과 미얀마에는 많은 시인이 있으므로 나는 연결하는 가교의 역할에 만족하고 싶다.

　특히 미얀마 시를 한국어로 번역한 시에 주목해 주었으면 한다. 어떤 젊은 친구가 그랬다. 동남아시아 문학을 알고 싶은데 인터넷에서도 안 나와 있고 국립도서관에서도 없다고 한다. 이 시집을 통해 동남아시아 나라 중 미얀마의 문학을 한국인 독자들 그리고 한국어로 읽을 수 있는 세상의 모든 독자들에게 알리고 싶다. 이번에 미얀마, 한국, 일본, 캄보디아 그리고 몽골이라는 다섯 나라가 뜻을 모아 하나가 되었음을 증명한 것이며 이 시집을 통해 현대를 살아가는 사람들의 바쁜 일상에서 잠시나마 탈출할 수 있었으면 좋겠다.

　마지막으로 세상에서 인종, 종교, 문화적 편견 그리고 더 나아가 국경 없는 세상을 꿈꿔본다.

라르고(Largo)

일본 **야마구찌 히데꼬**

2002 ~ 현	한국문인협회 구로지부 시분과 회원
2004	〈〈한국시 대사전〉〉(이제이피북) 7편 수록
2009	〈〈한국문학예술지〉〉 여름호 신인상 수상, 정식으로 등단
2016.1. ~ 2017.4.	〈동아일보〉 야마구찌의 한국 블로그 연재
2016.10.	〈〈대한민국 행복지도〉〉 공저(포스텍 박태준 미래전략연구소 기획), 〈〈옹달샘〉〉, 〈〈아시아 문예〉〉, 〈〈한국 창작 문학〉〉, 〈〈문학의 뜨락〉〉 등에서 시 발표

〈번역 발간물〉

1996.10.	박공서 극본집 〈〈사랑의 혁명〉〉 일본어로 번역, 발간(성동문화)
2005.4.	〈〈저 떠다니는 종이 배 처럼〉〉 (도서출판 e-mail)
	오류애육원 원생들 시집을 일본어로 번역, 발간

한국에서 만난

아시아 여류작가

계절의
다섯가지색

III

일본

야마구찌 히데꼬

벽에 던진 공처럼

세게 던지면
날카롭게 튀어오고

부드럽게 던지면
부담없이 돌아온다.

벽에 던진 공처럼

우리의 말과 행동이 상대를 공격할 때
날카로운 칼날이 되고
상대를 동정하고 위로하려고 할 때
마음까지 태워주는 난로가 된다.

순간 순간
우리 앞에 나타나는 벽에

우리는 어떤 공을
던지고 있는 걸까

아픔의 화석

아예 가둬 버렸습니다
두 번 다시 열지 않으려고

손대지 못하게 바닷속으로
던져 버렸습니다

얼굴에 철판을 깔고
입가에만 미소를 머무르게 하고
아예 모른 척하고 살고 있습니다

일부러 잃어버린 아픔, 실망, 슬픔은
수억 만년 후, 아름다운 화석으로 태어나
사람들의 흥미로운 시선을 받고
빛나고 있을 것입니다

내가 없는 풍경

어느 날 커다란 은행나무가 잘렸다
아무 예고도 없이

오랜 세월 그 지역을 지켜 온 고목이
쓰러져 땅에 닿으려 하는 순간
모든 자존심과 거만함이 동시에
진공 속으로 빠져나갔다

고목은 땅에 누운 채로 보았다
늘 가지에서 놀아주던 새들이
나 없이도 즐겁게 웃으며
자유로이 날아다니는 것을

사람들의 칭찬 속에서
세월 보내온 고목이 처음으로
누워 있는 커다란 몸뚱이가
창피해졌다

내가 꼭 있어야 하는 것도 아니었고
누구든지 내 대신에
얼마든지 나의 빈자리를
메울 수 있는 것이었다

오랜 명상 끝에 고목은 드디어

마음을 먹었다

내가 썩어서 흙 속에서 거름이 되어

나 대신 자라날 이를 키워 주겠다고

일 년 후 놀이터가 된 그곳

신목을 그린 커다란 벽화 앞에서

사람들이 줄을 서서 사진을 찍고 고목을 그리워했다

소립자가 된 나무는 땅속에서

흐뭇한 미소를 지었다

내게 주어진 풍경

민들레는 오늘도 슬펐다
꽃가게에서
화려한 옷차림으로 팔려 나가는
장미, 백합, 카라...
시시해 보이는 안개꽃마저
어울려서 환한 미소를 띠우면서
"우리 콘서트 간다"

민들레는
땅속에 깊이 박혀 있는
뿌리를 끊어내고 싶었다.

며칠 후
리본도 풀지 못한 채
리어카에 실려 나가는
꽃다발을 보았다.

"무슨 일이야?"
"피아니스트가 우리를
피아노 위에 놔두고 가버렸어."
"물 한 방울도 못 마시고 깜깜한 곳에
가둬 버려서 숨이 막혔어."
백합의 쉰 목소리가 마지막이었다.

민들레는 안타까운 마음으로 한숨을 쉬었다.

그때 평소 싫어했던 흙냄새가 바람에 날려 오자

민들레는 왠지 위안을 얻었다.

"내 처지가 어때서…"

똑바로 태양을 바라보다가

저절로 웃음이 나왔다.

멀리서 빛나는 별

마음속까지 따뜻하게 데워 주는

목욕물도 아니고…

같이 캐치볼해 주는 동생도 아니고…

혼내 주는 엄마도 아니고…

곁에 앉아 있기만 해도

위로가 되는 강아지도 아니고…

그냥 거기에 있다는 것만

알고 있는 별

먼 하늘에서

어리석은 지구인들을

차가운 눈빛으로

내려다보고 있는 별

다가가려고 해도

거리가 좁혀지지 않는

그렇지만 안 보이면

안 보이면…

애타게 찾는

그는 별이었습니다

불꽃

어두운 밤하늘
휴~ 올라갔다가
펑펑 터지며
우리의 가슴을 두드리는
화려한 색깔과 소리

그 순간
잊고 있었던
마음을 떨리게 하는
옛 추억들이
밤하늘을 장식하고
또 어디론가 사라져

나는 확인하고 싶었다
모두 꿈이라는 것을

사라진 불꽃은
두 번 다시 볼 수 없다는 것을

인생역전을 꿈꾸다 낚인
어리석은 물고기

낚시꾼은
맛있어 보이는 미끼를 계속 던지고
유혹에서 벗어나지 못하게 만들었다

물고기는
무아지경으로 입을 벌리고
놓치지 않겠다는 집념으로
미끼 안에 숨겨진 바늘을 깊이 삼켜 버렸다
머리를 관통하는 아픔과
급속도로 당겨지는 낚싯줄로
어지러움에 흔들리면서
살아남기 위한 사투가 벌어졌다

격전 끝에
지친 물고기는 온몸을 맡기고
낚시꾼의 팔에 안겼다

잔인한 낚시꾼은
숨쉬기 힘들어 허우적거리는 물고기를
한 손으로 움켜잡고
회로 만들었다

한 장 한 장
먹기 좋게 살결을 떠가는
낚시꾼의 날렵한 손길이
아직 살아 있는
물고기 눈에 비추었다

끝까지 나를 뺏아가
이놈 사기꾼!
물고기는 낚시꾼의 얼굴에
찜을 뱉고 호통을 쳤다

인생역전은
그리 쉬운 일이 아니었다
유혹에 넘어가지 말걸
그냥 평범하게
살걸 그랬어
끝내 물고기는 눈을 뜬 채로
숨을 거두었다

일류의 꿈은 바다 속에 숨어 있다

손자 교육비로
남겨 주신 배 한 척
고등어를 팔아 자식 셋을
대학에 보낸 아줌마

눈앞에 바다를 바라보면서도
물고기를 잡는 방법을 모르고
굶어 죽는 아프리카인들

그리움과 실리가 있는 그곳

바다를 개척하신 아버지가
오늘도 보물창고의 열쇠를 열러
바다로 나가신다

북쪽에서 태어나 살다가 떠나리

압록강 따라 내려가다
강가에 놓여 있는 관 하나
누구 아버지인지 누구 아들인지
아무도 모르는 시체 하나가

비가 내려, 데리고 나가길
조용히 기다리고 있다

만약 좀 더 남쪽에서
태어났더라면…

생전 모르는 아들딸의 지인까지
불쑥 찾아와
유족의 손을 잡아
눈물 한 방울이라도
떨어뜨릴 텐데…

유명 인사들이 보내온 꽃향기
밤새 이어지는 수다 떠는 소리에
외롭지 않게 갈 텐데..

아아!!
60년의 절규의 벽을
오늘도
지금 이 순간도
수많은 주목들이
두드리고 있다

늦가을에 떠난 영혼에게

어릴 적 꿈을 이루고
외교관이 된 그는
해운 산업가 딸과 결혼해서
삼 남매를 두고 잘 살고 있는 줄만 알았는데

고교 시절
자아를 찾기 위해
'나'만으로 가득 차 있었던 나에게
그가 말했다

이 세상에서 가장 소중한 것은
'친구'라고…

'친구'라니
내가 한 번도 생각한 적이 없었던
그 말은 나에게 충격이었다

모르는 사이에

우리 곁으로 다가온 이라크 분쟁

이라크인과 친구가 되려고

동분서주했던 그에게

갑작스러운 테러의 습격

그 친구가 심어준

남을 형제처럼 사랑하는 마음을

이 세상에서 펼쳐야지

영계에서

부끄럽지 않게

그를 만날 수 있는

그날을 위해

가을 속으로 걸어가는 생각들

바람이 부르면 순종하는
노란, 빨간 잎새들
나뭇가지에 매달리는
잎새는 없다

아끼는 이가
다른 길 가는 것을 볼 때,
바른 계도로 이끌어 가려고 해도
순종이 어려운 인간들

억지로 끌고 가기 싫어하는
나의 약점 때문에
갈등을 피하다
진정한 사랑을 잃어버리고 마는가…

용기가 없는
나의 약점을 모른 채
가을 잎새는 순종하며
고귀하게 살다 떠나리

만능 기계

알람시계가 깨워주는 것처럼
문자가 그날 일정을 알려 준다
몇 시에 어디로 가라
언제까지 이것 해라

기계의 명령으로
정신을 차리는 일상
때로는 사람의 온기를
가까이 느끼고

나를 움직이게 하고
웃게도 울게도 하고
일자리도 주고
새로운 인연도 맺어주는
세상과 소통하는 창구

때론 필요 없는 소문도 퍼뜨리고
죽음의 문턱까지 몰아가기도 한다
역시 기계를 조종하는 것은
사람의 인격이더라….

나의 우주에서 산다

모두 손님

불편함은 없다

모든 감정이

내 문학이라서

여기에는 영원한 기쁨과 감사뿐

햇살

살짝 감은 눈꺼풀 위에도
잠 못 이루는 굽은 어깨 위에도
리어카를 끌고 가는 노파의 등에도
뛰어가는 어린이들의 발걸음에도

말없이
공평하게 내려앉는 햇살

퍼즐 한 조각

한 조각이 모자라
완성하지 못했던 날들
어떤 날은 부주의로
어떤 날은 신경을 못 써서

괴로움과 허전함으로
채워야 했던 지난 날들

두고두고 나를 괴롭힌
정성이 부족한 날들

그때
그 한 조각만
있었더라면

흐뭇한 미소로 떠오르는
추억이 되어 있었을 텐데…

ひとかけらのパズル

完成できなかった日々
ある日は気が付かずに
ある日は気を使えずに

辛い思いとむなしさで
埋めなければならなかった日々

忘れていてもまた思い出す
私をいじめる
誠を尽くせなかった日々

あの時
あのひとかけらさえ
あったなら

満ち足りた微笑で
振り返る思い出に
なっていただろうに

갈망하는 정적

고요한 수면에
물 한 방울을
떨어뜨려도
번지는 파문

동요하지 말자…
타버려서
재가 된 화
인내가 낳은 겸손

흔들리지 않는
축을 세워
또 찾는 고요

세월이 세운
축인가
공 드려서
세워진 축인가

그토록 그립고
갈망하는 정적

渇望する静寂

静かな水面に
水一滴
落としても
広がる波紋

動揺するな
燃え尽きて
灰になった憤り
忍耐が産んだ謙遜

揺れ動かない
軸を立てて
取り戻す静けさ

歳月が立てた
軸なのか
精誠によって
立てられた軸なのか

それほどまでに恋しく
渇望する静寂

하루

마음의 틈에서
한 줄기의 섭섭함이 진입하고
마음을 멍들게 만든 저녁
잊어간다는 축복 아래,
매일 어김없이
찾아오는 아침

하루가 지나, 또
새로운 하루가 찾아오고…
매일 쌓여가는 편지를
서랍에서 꺼내어 보다가
찢어버리고 다시 고치고…
마음을 다스리는 일과 끝에
주변 사람들의 마음에
조용히 스며들고
맞이하게 될 영원한 하루

一日（ひとひ）

心の隙間から
ひとすじのやるせない思いが
忍び込み
心に痣を作る夕べ

忘れていくという恩恵の中
毎日違（たが）えることなく
訪れる朝

一日（ひとひ）が過ぎ、又
新しいひとひが訪れ
毎日綴る手紙を
引き出しから出しては
書き直し

心を修める日課の果て
周りの人々の心に
音もなく染み込んで
迎える永遠（とわ）のひとひ

잘 사는 나라

상사는 부하의 장래를 생각하고
성장하도록 일을 시킨다
부하는 회사 전체 이익을 위해
최선을 다한다

어른들은 조용한 목소리로
상대 눈높이에 맞게 대해 준다
젊은 사람들은 어른에 대한 예의를 갖추어
적극적으로 연륜에서 배우려 한다

교사는 학업뿐만 아니라
학생들을 관심과 사랑으로 지켜본다
학생들은 다양한 지식도 배우며
단합, 우정, 자신을 이기는 법을 배운다

부모는 마음의 양식을 주도록 하고
자녀들은 마음이 넓어지도록
책과 인간에게서 지와 덕을 배운다

잘난 사람만이 지배하는 사회가 아니고
모두 더불어 잘 사는 사회
나라와 사회와 개인의 꿈을
이루는 사회를 그려 본다

평범한 은인

세상이 갑자기 나를 배반할 때도
변함없이 내 곁에 있어 주고

늦은 밤에도 이른 새벽에도
내 마음을 달래 주고
생각을 다듬어 주었지

커피, 펜, 종이

너희들 덕분에
오랜 세월 동안
보내지 않는
편지를 수없이 쓰고

너희들 덕분에
시간과 공간 속으로
흩어져가는 내 시의 조각들을
겨우 잡아놓을 수 있었지.

2018년 해가 가기 전에 오랜 기간 동안의 숙원였던 시집을 내게 되었다. 내가 글쓰기를 좋아하게 된 것은 중학교 때 였다.

소외감이 많아서 자신의 존재감을 발휘하지 못 했던 나에게 국어선생님께서 '자기세계를 구축하라'고 말씀해주셔서 그것이 계기로 글쓰기를 좋아하게 된 것 같아.

속상할 때도 일기를 쓰면서 내 마음을 달랬다.

글을 쓰면서 마음 정리가 되고 깨닫기도 하고 마무리를 해야 되니까 어떤 결론을 스스로 얻을 수 있었다. 그것도 아주 긍정적인 결론을 ..

세월이 흐르고 역사적인 문제를 반성하기 위해서 한국에 가서 살아야 하겠다는 큰 결심으로 바다를 건너왔다. 내가 시를 쓰게 된 계기는 한국인 시인을 알게 되서다.

어느 날 그녀가 갑자기 자작시를 낭송하라고 하셔서 생전 처음으로 한국어로 시를 썼다.

그 낭송 이후 나는 한국문인협회 구로지부 시 분과회원으로 현재까지도 활동 중이다.

누구를 만나고 무엇을 하느냐에 따라 인생이 바뀌는데 그 시인과는 지금도 교류하고 있다.

이번에 아시안허브 최진희 대표님을 만나서 정말로 하고 싶었던 시집을 출판하게 되서 꿈만 같다. 그것도 아시아 여류 시인 5명이 펼치는 이야기들을 공개하게 되서 의미가 깊다. 나로 가득 차있던 것은 옛날도 지금도 근본적으로 다르지 않다. 그러나 한국에서 서울 출입국 결혼이민자 네트워크 활동을 하면서 10개국 나라 출신여성들과 가까이 지내다 세계 문화에 마음이 열리고 함께 살아가는 재미를 느끼게 됐다.

이 시집도 그 연장선에 있다. 한국 땅에서 함께 행복하게 살아가기 위해 몸부림치는 우리들의 이야기가 뭔가 유익한 마음의 씨앗이 되고 어딘가에서 아름다운 꽃을 피었으면 좋겠다.

야마구찌 히데꼬

캄보디아 **최다연**

_____

김유정 문학상 시부분 우수상
서정문학 시부분 신인상, 등단
추계예술대학교 일반대학원 문예창작 전공 (박사과정)
현, 평택대학교 크메르어 초빙교수
    아시아언어문화연구소 대표

한국에서 만난
아시아 여류작가

계 절   의
다 섯 가 지 색

IV

캄보디아
최다연

그 골목

한 천일쯤 살았나 보다,
캄보디아라는 나라에.
누가 무엇을 물어보든 술술 답해줄 정도로
그 나라의 정보통이 되어 있지만
마음속 진짜 얘기는 아무에게도 하지 않았다.
사실 물어보는 이가 없었다.
가장 유명한 유적지가 아닌,
내가 가장 아끼는 장소는…

난 프놈펜 프싸트마이 뒤편의 허름한 아파트촌
쾌쾌한 내음의 어두운 골목을 좋아한다.
두 주간의 홈스테이를 했던 그곳.
바탕색은 온통 킬링필드 시절만큼이나 암울하지만
등장인물들의 표정은 세상 어디에서보다 밝다.
몇 번이고 그 골목 입구에서 카메라를 들었지만
단 한 번도 셔터를 누르지 못했다.
내 가슴속 그 느낌이 카메라 렌즈 속으로
빨려 들어올 수 있을지
두려움과 떨림에 포기하고 또 포기했다.

난 씨엠립 프싸짜 건너편 쏙싼마사지 안쪽

빨간 흙먼지가 휘날리는 골목길을 좋아한다.

2년여 오토바이 뒤에 매달려 매일 출근하던 그 길.

외국인이라 말 붙이기 수줍어하며

그냥 미소만 짓던 순박한 동네 사람들.

그러다 내가 떠난다고 말하던 그 날,

함께 한 시간이 긴 만큼 잊혀지는 시간은 더 길 거라는

한국에서도 들어보지 못한

아름다운 말을 내게 해 준 사람들.

많은 말이 필요 없다.

그 한마디에 난 그 길을 평생 잊지 못한다.

그 말은 사진 속에 들어가지 않기에,

그들 또한 내 사진첩엔 존재하지 않는다.

고작 3박 5일, 베트남과 캄보디아를 묶어서

패키지 여행을 다녀온 사람들도

멋진 작품 사진과 길고 긴 여행 후기를 잘도 남기더라.

천일 여행을 다녀온 나는

긴긴 여운과 그리움을 가슴에 품고

여전히 표현하지 못하는 감정 하나에 매달려 산다.

ប្រកល្អកនេះ

ខ្ញុំបានរស់នៅប្រហែល ១,០០០ថ្ងៃ,
នៅលើទឹកដីប្រទេសកម្ពុជា ។
ទោះបីជានឈ្មោះសួរក៏ខ្ញុំអាចឆ្លើយបានដោយគ្មានបញ្ហា
ទោះបីជាខ្ញុំបានដឹងស្គាល់ពីប្រទេសនោះ
ខ្ញុំមិនបានប្រាប់នឈ្មោះម្នាក់ពីរឿងពិតនៅក្នុងចិត្តរបស់ខ្ញុំទេ ។
ជាការពិតទៅវាមិនមាននឈ្មោះម្នាក់សួរខ្ញុំនោះទេ ។
វាមិនមែនជាកន្លែងដ៏ល្អី,
ទឹកកន្លែងដែលខ្ញុំចូលចិត្តបំផុតគឺ···
ខ្ញុំបានស្នាក់នៅប៊ូកផ្ទះៗស្លេងដ៏ចាស់នៅក្រោយផ្សារជំថ្មីនៃទីក្រុងភ្នំពេញ
ហើយខ្ញុំពិតជាចូលចិត្តក្លិននៅប្រកល្អកកម្ពុយនេះណាស់ ។
ខ្ញុំបានស្នាក់នៅទីនោះរយៈពេល ២សប្តាហ៍
ទោះបីជាវាមានផ្ទេជញ្ជាំងពណ៌ដ៏ឆឹតដូចជាថ្ងៃនៃបបទប្រល័យពជសាសន៍ក៏ពិត
តមែន
ប្រជាជននៅទីនេះមានទឹកមុខស្រស់ថ្លាជាងទីណាទាំងអស់
ខ្ញុំបានកាន់កាម៉េរ៉ាទៅជាមួយជាច្រើនដងក៏ពិតមែន ប៉ុន្តែ
សូម្បីតែម្តងក៏មិនបានចុចប៊ូតុងថតដែរ ។
អារម្មណ៍មួយនោះរបស់ខ្ញុំបានគិតថា
ថាតើវានឹងចូលទៅក្នុងការម៉េរ៉ាដូចអ្វីដែលខ្ញុំបានឃើញដែរទេ
ខ្ញុំមានអារម្មណ៍ភ័យខ្លាចក្នុងការថតពួកគេ ក៏បានបោះបង់ម្តងហើយម្តងទៀៗត
ខ្ញុំបានចូលទៅហាងម៉ាស្សានៅផ្សារចាស់ខេត្តសៀមរាប
ខ្ញុំពិតជាចូលចិត្តផ្លូវតាមប្រកល្អកដែលមានដីពណ៌ក្រហម ។

ជាផ្លូវដែលខ្ញុំបានជិះម៉ូតូពីក្រោយមានគេឌុបរយៈពេល ២ឆ្នាំ
មានការពិបាកក្នុងការនិយាយដោយសារតែខ្ញុំជាជនបរទេស
អ្នកភូមិដែលពោរពេញទៅដោយស្នាមញញឹមដ៏បរិសុទ្ធ
ដល់ថ្ងៃដែលខ្ញុំប្រាប់ថាចាកចេញ,
ពេលវេលាដែលចំណាយជាមួយគ្នាមួយម៉ោងគិតថាយូរ តែពេលវេលាដែលត្រូវបំភ្លេចវាកាន់តែយូរជាង
មិនអាចស្តាប់លឺបាននៅឯប្រទេសកូរ៉េ
នូវពាក្យសម្តីដ៏ស្រទន់មកកាន់ខ្ញុំ
ខ្ញុំមិនត្រូវការពាក្យសម្តីអ្វីច្រើននោះទេ។
និយាយដោយខ្លី ខ្ញុំមិនអាចបំភ្លេចផ្លូវនោះបានទេក្នុងឆាកជីវិតខ្ញុំ
សម្តីនោះវាមិនចូលទៅក្នុងរូបភាពនោះទេ,
ពួកគេក៏មិនមាននៅក្នុងអាល់ប៊ុមរូបថតរបស់ខ្ញុំផងដែរ។
ដំណើរកម្សាន្ត ៣យប់ ៥ថ្ងៃទៅកាន់ប្រទេសវៀតណាម និងកម្ពុជា
ភ្ញៀវទេសចរណ៍ដែលបានមកដើរកម្សាន្តតាមទួរស៍
បានបន្សល់ទុករូបថតអនុស្សាវរីយ៍យ៉ាងស្រស់ស្អាត
ដំណើរទេសនកិច្ច ១,០០០ថ្ងៃរបស់ខ្ញុំ
បានបន្សល់ទុកនូវការការចងចាំ និកការនឹករលឹកនៅក្នុងចិត្ត
ហើយរស់នៅជាមួយនឹងអារម្មណ៍មួយដែលមិនអាចបញ្ចេញមកក្រៅបាន។

청포도나무집 딸

도심의 어느 집에서 청포도나무가 자라고 있다는 건,
결코 흔한 일은 아니었나 보다.
내가 교복을 벗고 여수를 떠나던 해부터였을까?
어느 순간 청포도나무는 푸르름을 잃어가더니,
결국 눈앞에서 사라졌다.
그 후로도 사람들은 여전히 그 청포도나무를 보고 있는 듯,
이 집 청포도 한 알 먹어보지 못한 이들도
나를 청포도나무집 딸이라 불렀다.

청포도나무집을 떠나온 지 이십오 년,
다섯 살배기 또 다른 나는 화단에 열심히 물을 주면서
동백나무를 예쁘게 키워가고 있다.
어느새 동백나무에는 예쁜 꽃이 피고,
나를 불러달라 외치듯 뚝. 뚝.
화단 가득 빠알간 눈물로 호소하건만……
사람들은 그 누구도 이 집을 동백나무집이라 부르지 않고,
다섯 살 꼬마를 동백나무집 외손주라 부르지도 않는다.
그리고 보니 청포도나무집 딸도 더 이상 부르는 이 없다.

우리는 더 이상 누군가를 세심한 눈빛으로 불러주지 않는다.

의자가 나에게 온다

마음이, 마음이… 앞으로 향하는데
차마 내 가슴은 뒤로 주춤

눈치 빠른 의자가
잽싸게 앞으로 구른다.

살짝 닿아도 물러서는 듯하더니
어느새 우뚝 서 있던 기둥 하나 핑계 삼아
씽씽씽 그대 앞으로 달려든다.

의자에
바퀴는 있고
브레이크는 없으니.

사물은 거울에 보이는 것보다 가까이 있습니다

백미러 너머 그대,
먼 발치서 바라보고 있는 줄 알았는데
어느새 내 어깨를 두드려 주네요.

그대의 안경 너머 세상,
다가가고 다가서건만
그대는 날 먼발치 사람처럼 쳐다보네요.

나는 생각보다 그대 가까이에 있습니다,
그리고… 그대는 내 생각보다 빨리
나를 알아봐 주었습니다.

나만의 착각이었습니다.

그대의 안경 너머 세상이

나의 세상과 맞닿지 않을까 초조했습니다.

세상의 수많은 거울들이,

제아무리 우리를 속이려 해도

우리의 거리는, 보이는 것보다 더 가까이에 있습니다.

40년 만에 탄생한, 자화상

"엄마, 내가 너무 무거워요?"
내 품에 안기면서 이제는 이십 킬로 몸무게가
엄마에게 버거울까 걱정하는 다섯 살 아들.

"엄마, 마들렌 반죽할 때 달걀은 내가 깨뜨릴게요.
마들렌 열 개를 만들어야 해요,
제 친구는 한 명이 아니라 아주 많거든요."

조잘조잘 예쁜 아이의 입에 살며시 입맞춤하고,
꼬옥 안아준다.
"난 이제 아가가 아니고, 형아예요!"

아이의 눈동자, 콧날, 입술, 말투, 몸짓…
나이 사십에 낳은 아들은,
또 다른 나.

"엄마, 나도 사진도 찍고,

유튜브 동영상도 보고, 카톡도 봐야겠어요.

핸드폰 좀 사주세요!"

책도 안 보고, 글도 안 쓰면서

사진 찍어서 SNS에 글 올리기 바쁜…

핸드폰 붙들고 사는 엄마의 말문을 막는다.

3.6킬로의 아들이 태어난 지 사 년,

아들이 이십 킬로가 되는 동안,

여전히 만삭의 몸무게로 살아가는 나는

"엄마, 내가 너무 무거워요?" 하는 아들에게

"넌 엄마에겐 솜털처럼 가벼워!" 하면서

솜털처럼 가벼워질 나의 몸무게를 꿈꾼다.

묘비명조차 부러운 시인
- "Don't try" -

이런 시인
찰스 부코스키

사교 댄스, 소풍 가기, 쇼핑하기, 도서관 가기, 미술관 가기, 영화 보러 가기, 자동차 경주, 텔레비전 시청, 야구 경기 관람 등 세상 사람들의 관심사에 관심이 없었다.

그저,
길거리를 돌아다니는 떠돌이 개, 남편을 살해하는 아내, 햄버거를 씹는 강간범의 생각과 기분, 공장 근무자의 생활, 길바닥의 삶, 빈자와 불구자와 미치광이의 방이 미치도록 궁금했다.

저런 시인
최 진 희

대학을 중퇴할 것, 연애에 실패할 것, 폐결핵을 앓을 것, 술을 마시고 담배를 피울 것, 장발이고 얼굴이 창백할 것, 가난할 것 등 그 옛날 누군가 말하던 시인의 조건에 그 어느 하나 맞지 않다고 사는 내내 열등감 속에서 살고 있다.

그저,
바쁜 와중에 시를 쓰고 싶고, 술 담배 대신 아메리카노를 입에 달고, 가끔은 돈 자랑도 하면서, 비싼 등록금 내고 박사까지 하면서 시인이고 싶다더라.

애쓰지 마라.
애쓰지 않기 위해,
최선을 다해 애쓰고 살던 이런 시인.

애쓰지 마라.
누가 봐도 낑낑 대며.
애써서 살아가는 저런 시인.

"Don't try"

도대체 무슨 상관이란 말인가?
- 캄보디아 시엠립에서 -

거대한 문화유산 앙코르와트는 있지만,
빨강, 파랑, 노랑 신호등은 단 두 개뿐인 동네.

신호등1 앞에서 만나자!
비단 끄로마 칭칭 감고 선글라스 끼고
온몸을 천으로 감은 채 연예인룩으로 등장!
그런데 미세먼지 대신 흙먼지가 패션을 앞서가네.

캄보디아 학생 오토바이 뒤에 타고 가다
신호등2에서 잠시 멈춤!
"우리 한국어 선생님인데 대학교 근처에서
이백오십 불짜리 집을 렌트해서 살아.
봉사자라 월급은 없고 이 년 후에는 돌아갈 거야."

위대한 문화유산의 후예들은
신호등 앞에서 잠시 멈춤일 때 누구를 만나든 친절하다.
자기 얘기는 결코 하지 않지만,
우리 부모님도 모르는 나의 한달 급여와 전기세를
그들은 모두 알고 있다.

끄로마로, 마스크로, 모자로, 선글라스로 감춘들 무엇하리.

한달 급여며, 아파트 평수며, 통장 잔고 또한 숨긴들 무엇하리.

그럼에도

신호등1, 신호등2 앞에서 모든 걸 벌거벗고 싶진 않구나.

위대한 문화유산의 후예들이여!

도대체 무슨 상관이란 말인가?

តើវាមានទំនាក់ទំនងអ្វីអាយប្រាកដ?

-នៅងខេត្តសៀមរាបប្រទេសកម្ពុជា-

ទោះបីជាមានប្រាសាទអង្គរវត្តដែលជាបេតិកភណ្ឌវប្បធម៌ដ៏អស្ចារ្យក៏ដោយ,
មានតែភ្លើងចរាចរពណ៌ក្រហម ពណ៌ខៀវ លឿងតែប៉ុណ្ណោះ។
ជួបគ្នានៅងមុខភ្លើងចរាចរ១!
ខ្ញុំពាក់វ៉ែនតាខ្មៅ និងឃ្លុំក្រមា
ប្រៀបដូចជាខ្ញុំជាតារាដ៏ល្បីម្នាក់!
តែតាមពិតវាហួសសិនសម្រាប់ការពារធូលីដី ។
ខ្ញុំបានជិះខាងក្រោយម៉ូតូរបស់សិស្សកម្ពុជា
បានឈប់នៅងភ្លើងចរាចរ២!
"គាត់ គឺជាគ្រូកាសាកូរ៉េរបស់ពួកយើង នៅជិតសកលវិទ្យាល័យ
ដែលបានស្នាក់នៅផ្ទះជួលដែលមានតម្លៃ ៥៥ដុល្លារអាមេរិច
គាត់ធ្វើការស្ម័គ្រចិត្តដោយគ្មានប្រាក់ខែ ហើយនឹងត្រឡប់ទៅកូរ៉េញ២ឆ្នាំក្រោយ"
កូនចៅនៃករដ៏ណែលវប្បធម៌ដ៏អស្ចារ្យ
នៅពេលដែលបានជួបនរណាម្នាក់នៅងភ្លើងចរាចរម្ដងៗ
ពោរពេញទៅដោយភាពស្រវាយរាក់ទាក់
ទោះបីជាខ្ញុំមិនដែលនិយាយអំពីខ្លួនខ្ញុំក៏ដោយ,
ឱពុកម្ដាយរបស់ខ្ញុំមិនបានដឹងពីប្រាក់ខែ និងថ្ជៃចំណាយអត្តសនីប្រចាំខែរបស់ខ្ញុំទេ
ប៉ុន្តែពួកគេទាំងអស់គ្នាដឹងពីវា ។

ការបិទបាំងដោយ ក្រមា, ម៉ាស់, មួក,រឿនតាខ្ចៅរាមិនអាចលាក់បាំងគេបានទេ

ការលាក់បាំងប្រាក់ខែ, ទំហំផ្ទះ, ចំនួនលុយនៅក្នុងកុងធនាគារ

គឺវាគ្មានន័យអ្វីទេ ។

ទោះបីជា

មិនចង់ដោះវាចេញនោះទេនៅភ្លើងចរាចរទី១ និងទី២ ។

កូនចៅនៃករជំណើលប្បធម៌ដ៏អស្ចារ្យ!

តើវាមានទំនាក់ទំនងអ្វីអោយប្រាកដ ?

'꿩의 바다마을'을 날다

발음도 어색한 먼 땅 캄보디아에서,
열아홉 살 엄마가 왔다.
작은 키, 깡마른 몸매에 꽃신을 좋아하는 엄마는
자신보다 훨씬 크고 건강한 열여덟 살의 딸이
부담스럽고 어색한가 보다.

친구들에게 차마 엄마라 말하지 못하고,
사촌 여동생이라 소개했던 나.
엄마는 사촌은 몰라도 여동생의 의미는 알았나 보다.
그저 수줍어만 하더니 그래도 엄마라고 티 내고 싶은 듯
자꾸 뭔가 해주려고 한다.

오늘도 아빠의 호통은 집이 떠나갈 것만 같다.
엄마의 꽃신이 못마땅하신 거다.
나의 엄마라고 하기엔 너무 어려 보이는 외모 때문에
아빠는 내게 민망한 거다.
꽃신이 창밖으로 내던져지고 엄마도 곧 던져질 것만 같다.

나는 조용히 꽃신을 찾아왔고,

엄마는 고마움인지 서러움인지 눈물만 뚝뚝 흘린다.

그런 엄마 손을 잡고 한밤중 꽃구경을 나섰다.

진달래가 만발한 '꿩의 바다마을' 중턱에 앉아

저기 저 대사관 속에 엄마의 나라도 있냐고 물어본다.

엄마는 있다는 건지, 없다는 건지 그저 미소만 짓는다.

열아홉 살 캄보디아 소녀가

친구가 아닌 엄마라는 게 당혹스럽기는 하지만

그래도 엄마라고 부를 수 있는 사람이 있는 게 좋다.

그런데 엄마는 자꾸 불빛 속으로 빠져든다.

저 '꿩의 바다마을'¹⁾로 훨훨 날아가 버릴 것만 같다.

---

¹⁾ 성북동 대사관 마을이 과거 '꿩의 바다마을'로 불렸다.

'ភូមិក្បាងផាតា' ហោះហើរ

ការបញ្ចេញសម្លេងដ៏ចម្លែកមកពីប្រទេសកម្ពុជា,
អាយុ ១៩ឆ្នាំដែលជាម្ដាយបានមកដល់ ។
ម្ដាយដែលមានកម្លស់ទាប, មានរូបរាងស្អាងស្អម ហើយចូលចិត្តស្បែកជើងផ្កា
បានជួបកូនស្រីខ្លស់ មានសុខភាពល្អជាខ្លួន និងមានអាយុ ១៨ឆ្នាំ
ប្រហែលជាមាអារម្មណ៍កាំងស្មារតី និងចម្លែកក្នុងចិត្ត ។
មិនអាចនិយាយទៅកាន់មិត្តភក្ដិថាជាម្ដាយទេ ដោយមានភាពអៀនខ្មាស
ក៏បានណែនាំថាជាបួនស្រីជីដូនមួយ ។
អ្នកម្ដាយប្រហែលមិនចេះទេពួកថាបងបួនជីដូនមួយជាភាសាកួរ៉ែ តែប្រហែល
ជាគាត់ចេះពួកបួនស្រីជាភាសាកួរ៉ែហើយមើលទៅ ។
ទោះបីជាមានភាពអៀនខ្មាសក៏ដោយ ក៏នៅតែចង់បង្ហាញថាខ្លួនជាម្ដាយដែរ
តែងតែចង់ធ្វើអ្វីអោយកូនរហូត ។
នៅថ្ងៃនេះផងដែរ លោកប៉ាបានស្រែកតំហកប្រហែលជាលឺដល់ខាងក្រៅ ។
ក៏ព្រោះតែស្បែកជើងផ្ការបស់ម្ដាយ ។
គាត់ជាម្ដាយរបស់ខ្ញុំ តែដោយសារមើលទៅគាត់ក្មេងខ្លាំងណាស់
លោកប៉ាមានអារម្មណ៍ថាខ្មាសអៀន និងអារម្មណ៍សុំទោសមកកាន់ខ្ញុំ
លោកប៉ាក៏បានគ្រវែងស្បែកជើងផ្កានោះចោលទៅក្រៅ មើលទៅហាក់បីដូចជា
កំពុងបោះបង់ម្ដាយខ្ញុំ ។

ខ្ញុំបានទៅរកយកស្បែកជើងផ្គាមកវិញដោយស្ងៀមស្ងាត់,
ម៉ែគាត់មានអារម្មណ៍ក្កុកក្កួល មិននិយាយស្ដី ទឹកភ្នែកហូរតក់ៗ។
ខ្ញុំក៏បានចាប់ដៃគាត់ ហើយទៅក្រៅមើផ្កាទាំងឃប់ងងឹត។
ពួកយើងក៏បានអង្គុយនៅជម្រាលគូដែលពោរពេញទៅដោយផ្កាជីនដាលេនៅ
'ភូមិក្លាងផ្តាតា'
គឺនៅស្ថានទូតនោះមានប្រទេសកម្ពុជាដែរ ឬទេ ? ខ្ញុំបានសួរទៅគាត់
ម៉ែគាត់មិនដឹងថាមាន ឬក៏គ្មាននោះទេ គាត់គ្រាន់តែញញឹមប៉ុណ្ណោះ។
ស្ត្រីកម្ពុជាមានអាយុ ១៩ឆ្នាំ
ទោះបីជាមានអារម្មណ៍កាំងដែលមិនមែនជាមិត្តកត្តិតែជាម្ងាយក៏ដោយ
ក៏វាប្រសើរវិញដែរ ដែលមានម្ងាយហៅនឹងគេ។
ប៉ុន្តែម្ងាយរបស់ខ្ញុំគាត់បានលង់ទៅនឹងពន្លឺភ្លើងអំពូល។
ប្រៀបដូចជាកំពុងតែហោះហើរទៅកាន់'ភូមិក្លាងផ្តាតា' [1] អីញ្ចឹង។

[1] ភូមិស្ថានទូត សុងប៊ុកដុង កាលពីមុនបានប្ដូរទៅជា 'ភូមិក្លាងផ្តាតា'។

옷끈 지랄

먹고 놀자 해도 돈 없이는 안되는 나라,
대. 한. 민. 국.
돈 없어도 즐거운 놀이 하나 발견했는데,
말. 장. 난.

돈이 왕관되어 머리에 이고 다니는 대한민국에서는
돈 안 드는 놀이 싸구려로 밀려날 텐데
그래, 캄보디아 이 땅!
돈 없이 먹고 노는 인간 많고,
내 말 알아듣는 인간들도 미니버스마다 가득하니
그럼, 밑천 안 드는 장사 한번 시작해 볼까나?

"캄보디아 요놈들 말야,
고마우면 항상 옷끈을 찾아.
글고 많이 고마우면 거기에 지랄을 붙이더만.
옷끈이 지랄을 하면 아주 많이 고마운 거고,
더 많이 고마우면 지랄을 몇 번 더 붙여 줘."

옷끈 지랄[1], 지랄, 지랄…
참말로 캄보디아인들이 하얀 이를 드러내며 좋아라 웃어대네.

대한민국에서는 목소리 크다 할까,

기침 한 번 제대로 못하던 양반들이

캄보디아 땅을 밟더니 여기저기서 지랄, 지랄, 지랄하네.

---

1) 캄보디아어로 '감사합니다'는 '어꾼', '많이'는 '쯔란'이다. 그래서 '매우 감사합니다'
라는 의미로 '어꾼 쯔란'을 자주 말한다

អ៊ុតគិន ជីវ៉ាល់(웃끈지랄)

ចង់ញ៉ាំ ចង់លេង បើគ្មានលុយទេ ប្រទេសដែលមិនអាច,
នោះគឺប្រទេសកូរ៉េ
ប៉ុន្តែមានល្បែងមួយអាចលេងបានទោះបីជាគ្មានលុយក៏ដោយបានកើតឡើង
ការនិយាយលេងសើច
មានលុយនឹងក្លាយជាស្តេចនៅប្រទេសកូរ៉េ
ការលេងកម្សាន្តដោយមិនចំណាយលុយប្រហែលជាមិនសប្បាយទេ
នឹងហើយ, គឺលើទឹកដីប្រទេសកម្ពុជា!
មានមនុស្សជាច្រើនញ៉ាំ និងលេងដោយមិនអស់លុយ
មានមនុស្សជាច្រើននៅក្នុងកូនឡានក្រុងដែលអាចស្តាប់សម្លីខ្ញុំបាន
គោះ, តើចង់សាកល្បងធ្វើជំនួញដោយមិនចាំបាច់ចំណាយលុយទេ?
"គឺនិយាយពីមនុស្សនៅកម្ពុជា,
ពេលដែលអរគុណតែងតែរកមើល អ៊ុតគិន(웃끈)។
ពេលដែលអរគុណច្រើនគ្រាន់តែបន្ថែមពាក្យជីវ៉ាល់(지랄)
ប្រសិនបើនិយាយថា អ៊ុតគិន ជីវ៉ាល់(웃끈이지랄) បានន័យថាអរគុណច្រើន
បើចង់អរគុណច្រើនថែមទៀតគ្រាន់តែបន្ថែមពាក្យជីវ៉ាល់(지랄)"។
អ៊ុតគិន ជីវ៉ាល់[1](웃끈지랄) , ជីវ៉ាល់(지랄), ជីវ៉ាល់(지랄)…"

វិជ្ជាការពិតដែលថាប្រជាជនកម្ពុជាកំពុងស្ទើច និងបង្ហាញធ្មេញពណ៌ស។
មកពីសម្បែងរបស់ជនជាតិកូរ៉េជំប៉ុ,
សូម្បីតែក្មេកអោយបានស្រួលម្តងក៏មិនបានផង
ខ្ញុំបានបោះជំហានលើទឹកដីនៃប្រទេសកម្ពុជាទៅនេះទៅនោះ ដ៏រ៉ាល់(지랄),
ដ៏រ៉ាល់(지랄), ដ៏រ៉ាល់(지랄)។

1) នៅប្រទេសកម្ពុជាពាក្យថា'감사합니다' មានន័យថា 'អរគុណ(어꾼)', '많이' មានន័យថា,
'ច្រើន(쯔란)' ។ ដូរច្ឆេ: '매우감사합니다' មានន័យថា 'អរគុណច្រើន(매우감사합니다)' ។

백오십 만 나비는 모두 어디로 갔을까?

스무 살 청년, 나비마을 함평군.
인구 십사 만의 시절,
인구 사 만의 시절,
사람이 떠나니 꿈도 떠나더라.

나비마을 함평이 태어난 지 이십 년,
백오십 만 나비가 세상을 향해 날았고
이젠 겨우 삼 만을 넘기고 있는
함평군민들 가슴속에도 나비들이 날개짓을 한다.

노인도 꽃이다, 날아드는 나비들
흐물흐물 풀리던 다리에 힘이 들어가고
꽃이 되어 나비를 맞는다.
꽃들은 옹기종기 꽃동산되어 바다 건너 나비까지 유혹한다.

어린 시절, 막연하게 시인을 꿈꾸다 시를 전공하고… 시인 등단을 하고… 지금은 출판사 대표로 시집을 기획하고 출판하고 있습니다. 그러나 여전히 내 시를 쓴다는 건 쉬운 일이 아닙니다.

캄보디아에서의 짧은 삶이 제 인생을 많이 바꿔놓았습니다. 그래서 캄보디아 관련 시를 많이 쓰게 됩니다. 이 시를 통해 캄보디아인들과 조금 더 가깝게 교류할 수 있길 바랍니다.

이 시집은 제가 존경하는 아시아 여류시인들과 함께 만든 소중한 작품집입니다. 우연히 히데꼬 시인과 함께 차를 타고 가다 한국에서 등단을 하고 문인 활동을 하고 있지만 아직 시집을 내지는 못했다는 얘기를 듣고… 국내에서 시를 쓰는 많은 이주민들을 떠올리게 됐습니다. 그 중 마음에 맞는 시인들과 몇 차례 편집 회의를 통해 시집을 기획하게 되었고, 중간에 변화도 있었지만 함께 서로를 응원하면서 한 권의 시집을 완성해가고 있습니다. 처음 시집의 제목은 오성이었습니다. 아시아의 다섯 개의 별, 우리 모두 이 땅에서 별이 되어 세상을 밝게 비추일 수 있길 바랍니다. 우리의 시는 별빛 되어 세상의 모든 이들을 따스하게 감싸줄 겁니다.

최다연

한국 **최지인**

현, 신한대학교 초빙교수
MBN 공채 3기 아나운서 (2006-2016)
2014 한국예술방송교육대학 방송진행자과학과장
미술을 전공한 artist최지인 14회 개인전, 80여회 단체전
2017.2.8-2.21 일호갤러리 'meditation'최지인 개인전
5월 홍콩어포더블 아트페어
2017.7.2-14 11회 개인전
2018.10 싱가포르아트페어
2018.12 12회 개인전
저서〈잘 지내나요〉

한국에서 만난
아시아 여류작가

계　　　　절　　　　　　　의
다　섯　가　지　　　색

V

한국
최지인

2018년 한 여름 그 어느 순간의 나는
_self portrait

고결함을 상징하는 매화

1초에 90번의 날갯짓을 하는 벌새

그리고 나

유화로 그리던 매화와 벌새는

아직 미완성이다

그렇게 내 머리 위에 뿌리를 내리게 되었다

내가 자랄수록 완성이 되어가겠지

한여름 작업실에는

시원하고 반가운 비가 왔었다

또로록 떨어지는

그 빗방울과 함께

예술가 그리고 예술을

이야기했다

이야기 속에서

아이디어를 얻고

그렇게 우리는

뭔가를 만들었다.

미완성된 매화는

마치 완성이 된 것 같이

그날의 빗방울과 함께 담겼다

시골아이

나는 시골아이였다.

봄이면 올챙이를 잡고
언덕길 따라 쑥을 캐고
아카시아 꽃을 가득 따다가
동무들과 꿀을 만들겠다고
몽톡한 돌로 꽃을 잘개 빻아
윗집 언니에게 갔다주곤했다.

가을이면 밤이 익기 전에
덜 익은 속살이 여린 밤을
작은 손으로 까서 먹던
나는 시골아이였다.

문득
가을 해질녘
시골풍경과 그때 그 냄새가 그립다.

내일은 더 좋은 일이 올 거예요

오늘도 수고했어요
잠시 당신을 힘들게 하는 짐 내려놓고
편한 밤 보내세요

지금 이 시간만큼은
더 애쓰지 않으셔도 됩니다
토닥토닥
고생했어요

당신 곁에 당신을 진정으로 아끼는 사람이
아무도 없다는 생각이 들 때에도
누군가는 당신을 위해 기도합니다
저도 당신을 응원합니다

좋은꿈 꾸세요
더 좋은 날이 올 거예요

피어나다

추위 속에
움츠러 있는
꽃눈이
화알짝 피어날
준비를 하고 있다

기나긴 기다림의
시간을 인고하고
훠얼훨 날아갈
그날을 기다리고 있다

붉은 꽃이
만개하는 순간은
십일이지만,
화무십일홍

달이 차면 기울고
밤이 제아무리 길다 해도
아침은 온다

꽃이 진 자리엔

열매가 맺힌다

영롱한 붉은 꽃

지나고 간 자리엔

다시 또 꽃눈이 자리하고 있다

또로록

눈물인 양

땀방울인 양

찬 이슬방울이

떨어진다

새로이 다시 올

봄날을 기다린다

당신이 떠난 자리에 꽃이 피었습니다

서로 다른 둘이 만나 사랑을 말했던
모든 것이 다 아름답게 보였던 시간이 있었습니다.
그 자리에 지금은 그가 없습니다.
그래서 그가 떠난 자리에 꽃을 피웠습니다.

결국은 다 혼자 견뎌내야 할 짐이 있는 것
그러니 혼자여도 행복할 수 있을 때
더 예쁜 사랑을 할 수 있을 겁니다.

혼자 있는 모습 그대로도
우리는 충분히 가치 있고
행복할 자격이 있습니다.

혼자여도 꽃을 마주하고
세상의 아름다운 것들과
어우러질 자격이 있습니다.

당신은
소중하고 특별한 사람입니다.

뿌리 내리다

새는 꽃을 품었다
길가의 은행나무가
노오란 빛으로
가을 햇살에 반짝이던 즈음

새는 꽃을 품고
꽃이 되어서 피어났다

새는 꽃이 되었고
꽃은 새가 되었다

새를 그리는 사이

아침
새들이 지저귀는 소리에 잠에서 깨어
창문을 연다
숲에서 들려오는 바람결에
나뭇잎들이 음악같이 내는 소리가 싱그럽다
새들의 푸드덕 거리는 힘찬 날갯짓에
다시 붓을 잡는다

새를 가까이에서 보기 위해
새가 많은 숲속에 작업실을 구했다

사람 손을 타고 길러진 새는 애교가 많고
사람을 잘 따르지만
갇혀 있고 보호받는 새보다
자연 속에서
살아 숨쉬는 새에게서
살아 숨쉬는 생명력이 더 강하게 느껴진다.

살아 숨쉬는 생명력과
숲에서부터 전해져 온 싱그러움
그리고 잠시 날개를 접고 쉬는 동안에 오는
기다림, 여유
그 안에도 꽃이 있고
꿈이 있다

꽃을 품은 새

꽃을 품은 새는
아파도 다시 난다

가슴에 새겨진 상처는
붉은 빛을 띤 꽃으로
다시 피어난다

그렇게
다시 날아오른다

또 하루가 지나간다

이렇게 또 하루가 지나간다.
하루가 참 빨리도 지나간다.

되돌아보면
지난 일 년도 눈 깜짝할 사이에
지나가버렸다.

지난 십 년도
하루같이 느껴진다.

오장육부가
녹아내리는 것 같은
슬픔도

자다 일어나 눈을 뜨고
혹여 죽어 있는 게 아닌가 싶어
손가락을 움직여 볼 정도로
아프기만 했던 지난 시간도

지금은 왜 그렇게 아프고 슬펐는지
기억이 나지 않는다.

지금의 아픔도
풀리지 않을 것 같은
이 고민도
지나고 보면
별일이 아니길

바라고 또 바라본다.

소중한 것들

영원하지 않기에
더 소중한 것들

한순간
찬란하게 빛나는
벚꽃

순수하고
생기 넘쳤던
젊은 날

그리고
너와의
사랑

저는 작가입니다

저는 그림을 그리는 작가이기에
그림과 글을 엮어서
이야기를 풀어 놓았습니다

아직도 이렇게 사랑하느냐고
상처받고 아파하고 있느냐고
말씀하시는 분도 있지만

아마도 저는
작가이기에
어떤 감정에서든
저를 날것 그대로
놓아두고
슬프게 외롭고,
때로는 기쁜
그 감정들을
강하게 느끼는 건지도
모르겠습니다

그래서 어쩌면 저는
더 자주 소리 내서 웃고,
그 만큼 마음의 상처도
더 크게 입는지도
모르겠습니다.

들꽃은 들꽃대로 아름답다고

책을 쓰고 시를 쓸 때마다
'나 같은 사람이
감히 책을 쓰고
시를 쓸 수 있을까'
라고 생각합니다

그래도
'들꽃은 들꽃대로 아름다운 거니까'
라고 되뇌이며
한 글자 한 글자 적어내려 갑니다

정제되어 있진 않더라도
있는 그대로의 내 모습대로
그저 진솔하게 적어 내려갑니다

훗날 창피해서 얼굴을 들지 못할지라도
이 순간의 저를 기록하는 거겠지요

하지 않고 망설이는 것보다
하고 나서 잘못한 부분을
고쳐 나가는 것이 더 좋았습니다

두려움에 망설이고만 있었으면
아마 저는 그냥 그 자리에서
아무것도 안하고 있었을 겁니다

타인의 시선에 짓눌려
정말 아무것도 안하고 있었다면
살아가는 이유가 없었겠지요

그림도
흔적이 남는 일이기에
부끄러울 때도 있었습니다

제 감정이 많이 들어간 그림은
그때의 서투른 감정이
사람들에게 들켜지는 게
부끄럽기도 했습니다

그런데 생각을 바꾸면
그 만큼 달라져 있었습니다

그때는 몰랐을지라도
어쩌면 이렇게 뭔가를 하면서
나아지고 있는 건지도 모르겠습니다

그래서 또 흔적을 남깁니다
모든 흔적이 되돌아봤을 때
서툴러서 부끄러울지라도,
그 상태로 남아 있는 것이 아니라
조금씩 나아가고 있기에
당당했으면 좋겠습니다

어린 시절은 아이라 예뻤고,
청소년기에는
그만한 고민을 하는 과정이었기에
의미 있었던 것처럼

지금 남기는 글과 그림도
한 시절 함께 했던 시간으로
의미 있게 남았으면 좋겠습니다
하고 나서 후회하는 편이
안하고 나서 후회하는 것보다
나을 거라고 생각합니다.

지금 이 글은 들꽃입니다
들꽃처럼만 감상해 주세요

meditation_하늘을 품은 꽃

형태가 있던 꽃들은
명상을 하는 시간을
더 가질수록 단순화되었습니다.

그렇게 그림은
점점 단순화되면서
하늘을 품은 꽃이 되어갔습니다.

그림 앞에서 깊게 호흡하면서
다른 잡다한 생각을
바람에 실어 보내고
저에게로 중심을 모았습니다.

지금도 이 그림을 보면
깊게 호흡하게 됩니다.

스토리를 알고 보면
보이는 게 있기도 합니다.

이렇게 그림에 설명을 더하고 싶어서
저는 그림에 글 한 줄 더하는
이런 일을 계속하고 있습니다

breezy

모든 생각들은
깃털처럼 가볍게
저 멀리
바람에 실려
보낼 수 있습니다.

아득하게 멀리
나를 괴롭히는
생각들을 떠나보내면서
그림을 그렸습니다

결국은 좋은 것들만 남습니다.
내 주변에 남기는 것들은
내 의지대로 됩니다.

좋은 것들만 남길지,
아쉬움만 남길지,
독한 생각들만 남길지는
나의 몫입니다.

저는 이제
힘들었던 것들은 다 잊고
아쉬움을 버리고
산뜻한 것만 선택하려 합니다.

저는 그림을 그리는 작가입니다. 글을 쓰는 작가로 불리기엔 아직 부끄러워서 그림과 글을 엮어 짧은 글을 쓰기 시작했습니다. 그림에도 설명이 필요하니까요. 그리다 보면 글이 나오기도 하고, 글이 그림이 되기도 합니다. 그림과 글은 다른 듯 하지만 닮은 구석이 많습니다. 그림도 글도 마음에서부터 나오기에 그런 것 같습니다.

글과 그림에는 그 작가의 마음이 스며들어 있습니다. 〈별 다섯_오성〉으로 모인 작가님들도 각자의 색깔이 있지만 마음이 닮은 부분이 있어서 이렇게 모였나봅니다. 그 중 하나의 별이 상처받은 제 마음에 위로를 주고, 길잡이가 되어주며 다른 별들과 어우러지게 했습니다. 다른 별들의 소곤거리는 반짝임에 저도 살며시 웃음짓고 공감하며 그들이 이야기를 하나씩 듣고 있습니다. 들어보니 닮은 구석이 많습니다. 그래서 혼자가 아님을 알고 외롭지 않게 됐습니다. 나와 같은 생각을 하는 누군가가 있어 위안이 됩니다. 마음이 닮은 우리가 하는 이야기가 이 글을 읽는 여러분의 삶에도 위안이 되고 별이 되길 바랍니다.

최지인

아시아 출신 다섯 시인의 공동시집
『계절의 다섯가지 색』 발간을 축하하며

이은봉(시인, 문학평론가, 광주대학교 명예교수)

아시아 각국에서 태어나 한국에서 살고 있는 다섯 사람의 시인이 공동시집을 간행한다. 『계절의 다섯가지 색』이 다름 아닌 그것이다. 여기서 말하는 다섯 사람은 몽골 출신 한 분, 미얀마 출신 한 분, 일본 출신 한 분, 캄보디아에서 오래 산 적이 있는 한국 출신 한 분, 그림을 그리기도 하는 한국 출신 한 분을 가리킨다.

어찌 축하하지 않을 수 있겠는가, 아시아의 각국에서 태어난 이들 다섯 사람이 한국에 모여 살면서 한국어로 공동시집을 낸다고 하는데! 앞으로 전개될 아시아 연대를 위해서라도 이는 경하해 마지않을 일이 분명하다. 몽골 출신의 시인 한 분은 멀얼게렐이다. 멀얼게렐은 2004년 처음 한국에 와서 한국어를 배우기 시작한 사람이다. 어렸을 때부터 시를 좋아한 그는 가끔씩 혼자서도 몽골어로 시를 쓴 적이 있다고 한다. 한국어로 시를 쓸 것이라고는 미처 생각도 못했던 그녀는 많은 사람들 덕분에 시를 쓰면서 한국어의 새로운 매력을 느끼게 된다고 말한다. 자신의 마음을 한국어 시로 전달하게 되어 기쁘다고 강조한다.

몽골 출신의 시인 멀얼게렐도 사람인 이상 고국에 두고 떠난 육친에 대한 그리움이 클 것은 자명하다. 육친 중에서도 으뜸은 어머니이거니와, 그는 어머니를 두고 "본인이 아파도 나를 위해 기도하는 사람//본인이 힘들어도 나를 먼저 챙기는 사람//본인이 상처 받아도 나를 보호해 주는 사람//본인이 굶어도 내 입에 밥을 넣어 주는 사람"이라고 노래한다. 머나 먼 타국인 한국에 와 살면서 몽골에 살고 계신 어머니에 대한 그리움이 얼마나 클 것인가를 잘 알 수 있게 해주는 시인다.

미얀마 출신의 라르고는 만달레이 외국어대학교에서 한국어학을 공부한 재원이다. 한국으로 유학을 와 연세대학교의 국어국문학과에서 석사학위를 받고, 같은 대학교 대학원 국어국문과에서 박사과정을 수료한 매우 뛰어난 인재가 그이다.

그가 본래 관심을 가졌던 것은 인문학이다. 그는 홍세화 선생의 말을 빌려 인문학은 "인간을 이해하게 하고 사회를 보는 눈을 뜨게 하는 것"이라고 말하기도 한다. 그러니까 인문학의 모든 것, 특히 문학, 역사, 철학에 대한 관심이 큰 것이 미얀마 출신의 시인 라르고이다.

자기 나름의 시론도 갖고 있는 그는 시를 두고 "간략하고 독자에게 전달하고자 하는 내용이 압축되어 있어 보는 사람의 눈높이에 따라" 상상의 내용이 달라질 수 있는 것이라고 생각한다. 더불어 그는 오늘의 5인 사화집 『계절의 다섯가지 색』이 한국과 미얀마, 곧 이들 양쪽 나라를 연결해주는 가교 역할을 해주기도 바란다.

마찬가지로 어머니를 노래한 시 「향기」에서 그는 "세월이 지나 철이 든 나이가 되니/예전 엄마 품 속 향기가/나의 한쪽인 님의 향기보다 더 푸근하고/한평생 맡을 수 있는 향기라"고 노해한다. 라르고 역시 모성의 가치를 통해 원천적이고 근원적인 세계를 노래하고 있는 것이다.

한국문인협회 구로지부 시분과 회원이기도 한 일본 출신의 야마구찌 히데꼬는 『한국 시 대사전』에 7편이나 수록되어 있는 시인이다. 그는 『한국문학 예술지』(2009) 여름호를 통해 정식으로 등단을 한 시인이기도 하다. 그동안에도 그는 『옹달샘』, 『아시아 문예』, 『한국창작문학』, 『문학의 뜨락』 등에 여러 편의 시를 발표한 적이 있다. 가령 「내게 주어진 풍경」에서는 들판에서 거칠게 피는 민들레와 꽃가게에서 화려한 옷차림으로 팔려나가는 장미, 백합, 카라 등을 비교하며 이들의 관계를 사람살이에 비유하고 있다. "화려한 옷차림으로 팔려나가"기보다는 뿌리가 "땅속에 깊이 박혀 있는" 민들레가 낫다는 것을 강조하고 있는 것이 이 시이다. 시의 심미적 수준으로 보면 가장 높은, 가장 앞선 포지션을 점하고 있는 것이 일본 출신의 시인 야마구찌 히데꼬라고 생각된다.

대한민국의 여수에서 태어났지만 캄보디아에서도 오랫동안 산 적이 있는 것이 최다연 시인이다. 그는 캄보디아어나 한국어로 나날의 일상을 충분히 구사할 수 있는 능력을 지니고 있는 것으로 알려져 있기도 하다. 김유정 문학상 시부분 우수상을 받은 적이 있는 그는 서정문학 시부분 신인상을 받은 적도 있는 정식 시인이기도 하다. 한편 최다연 시인은 추계예술대학교 일반대학원에서 박사과정을 수료한 적도 있다. 그가 그만큼 정식으로 시창작 교육을 받는 시인이라는 것이다.

「사십 년 만에 탄생한 자화상」이라는 시에서 그는 다섯 살짜리 아들과 이런저런 말을 주고받으며 어머니의 역할 및 모성에 대해 생각한다. 아들이 그에게 말한다, "엄마, 내가 너무 무거워요?" 시인이 생각하기에는 "품에 안기면서 이제는 이십 킬로 몸무게가/엄마에게 버거울까 걱정하는" 것이 다섯 살짜리 아들이다. 상황이 이러하니 그로서는 어머니로서의 의무와 역할, 곧 모성에 대해 깊은 생각을 하지 않을 수 없으리라.

모성 중의 하나로 흔히 '내리사랑'을 거론한다. '내리사랑'은 물론 다음 세대에 대한 사랑을 가리킨다. 하지만 이때의 다음 세대가 항상 시간적인 하위만을 가리키는 것은 아니다. 어머니로서의 마음에 안쓰러움을 불러일으키는 것에 대한 관심과 배려도 충분히 '내리사랑'의 범주에 들어갈 수 있다는 것이다. 그렇다. 시정신의 핵심이 '차마 어찌하지 못하는 마음', 곧 측은지심이라면 모성에는 그것도 포함되어 있다. 측은지심이 없는 모성은 모성이라고 할 수 없다.

측은지심으로서의 모성을 바탕으로 하고 있기는 그림을 그리기도 하는 한국 출신 시인 최지인의 시에서도 마찬가지이다. 신한대학교 초빙 교수로 있는 최지인 시인은 MBN에 공채 3기로 입사해 아나운서로 일한 적도 있는 사람이다. 한국예술방송교육대학 방송진행자과의 학과장으로 일하기도 하는 그는 미술을 전공해 개인전을 14차례, 단체전을 80여 회나 연 적이 있는 화가이기도 하다. 홍콩, 싱가포르 등 외국에서도 많은 호응이 있어 개인전을 연 적이 있는 화가 시인이 최지인 것이다.

그가 자신의 시를 통해 강조하고 있는 것은 모성의 마음으로 독자들에게 퍼붓는 사랑이다. 이때의 사랑 역시 필자에는 '내리사랑', 곧 모성의 구체적인 모습으로 읽힌다. 이는 그가 자신의 시에서 "오늘도 수고했어요/잠시 당신을 힘들게 하는 짐 내려놓고/편한 밤 보내세요//지금 이 시간만큼은/더 애쓰지 않으셔도 됩니다/토닥토닥/고생했어요"(「내일은 더 좋은 일이 올 거예요」)라고 노래하고 있는 것만 보더라도 잘 알 수 있다. 이번 아시아 출신 다섯 시인의 공동시집 제목이 『계절의 다섯가지 색』인 만큼 이들 다섯 시인의 시가 각기 다른 개성을 보여주고 있는 것은 당연하다. 그럼에도 불구하고 앞에서 줄곧 논의해온 것처럼 이들 시인의 시가 이른바 모성을 바탕으로 창작되고 있는 것은 분명하다. 각기 다른 특징을 갖고 있는 만큼 각기 같은 특징도 갖고 있는 것이 이들 다섯 시인의 시라는 얘기이다.

물론 이때의 모성은 어머니에 대한 사랑으로 나타나기도 하고, 어머니로서의 사랑으로 나타나기도 한다. 어머니에 대한 사랑이든, 어머니로서의 사랑이든 그것이 공히 사랑인 것은 마찬가지이다. 사랑, 특히 측은지심은 시정신 자체의 핵심이기도 하지만 이들 다섯 시인이 지니고 있는 마음의 핵심이기도 하다.

이들의 시에 이처럼 측은지심, 곧 사랑이 풍성히 나타나 있는 데는 이들 시인이 모두가 여성시인인 것과도 무관하지 않다. 여성시인인 것과도 무관하지 않다는 것은 여성성이 측은지심, 곧 사랑과 무관하지 않다는 것을 가리킨다. 많은 사람들이 미래적 가치라고 말하는 여성성이 모성, 곧 내리사랑, 곧 측은지심이라는 것을 생각하면 이들 다섯 사람이 시를 통해 강조하고 있는 가치가 얼마나 소중한가를 잘 알 수 있다. 아시아의 각 나라가 사랑의 정신으로 서로 협력하고 도우며 미래의 공동체를 만들어가기를 빌며 최지인 시인의 시를 빌려 한 마디 한다, "좋은 꿈 꾸세요. 더 좋은 날이 올 거예요."(2018. 11. 18)

추천사

태어난 곳에서 계속 살아가는 일이 드문 시절입니다. 우리는 대부분 고향을 떠나 낯선 곳에서 많은 시간을 보내게 되었습니다. 언어가 다르고 풍습이 다른 곳에서 살아가게 된다면 더욱 많은 어려움과 마주치게 됩니다. 그걸 알면서도 용기 있게 한국에 정착한 분들을 만날 때마다 정말 대단한 분들이다 생각합니다.

우리는 언제 시를 읽을까요? 즐겁고 유쾌할 때보다는 쓸쓸함이 깊어질 때 시를 읽게 됩니다. 그리고 시를 읽고 나면 무언가 모를 작은 힘을 얻게 됩니다. 그래. 힘들지만 다시 일어서 보는 거야. 그런 심정이 되지요. 우리 인생의 작은 쓸쓸함을 위해 시를 써주신 작가들께 감사인사를 드립니다. 함께 손잡고 낮은 음정으로 노래하며 또 앞으로 나아가는 시들입니다. 새로 배운 언어로 시를 쓴다는 일은 상당한 고민과 노력이 아니면 불가능한 일입니다. 위대한 일을 해내신 시인들께 존경과 사랑을 보냅니다.

임정진(KBBY 회장, 작가)

아시아 여성 다섯 분의 시를 모아 아름다운 시집을 출간한다는 것은 매우 의미 있는 일입니다. 특히 이 시인들은 그 동안 한국 생활에서 겪은 다양한 경험과 애환을 각자의 모국어와 한국어로 시를 써왔습니다. 이러한 창작과정은 이들의 삶과 정서생활을 한층 풍부하고, 아름답게 가꾸어 오는 데 큰 원동력이 되었을 것입니다. 한편 자신들의 문학적 감수성과 이주민으로서의 한국적 삶을 지혜롭고, 대견하게 지켜 나간다는 것은 이주민 시인으로서 매우 긍정적이고 훌륭한 평가를 받을 것으로 기대합니다. 이에 다섯 분의 공동시집을 모든 분들에게 추천하는데 주저하지 않습니다. 진심으로 축하 드립니다.

문창길(창작21 대표, 시인)

시는 인류의 모국어라고 하죠. 국적을 초월한 다섯 분의 향기가 오롯이 느껴 집니다. 꽃으로 피어난 삶의 순간들, 알찬 열매로, 새로운 도전의 씨앗으로 거듭나시길 빌며, 오색향기가 모국까지 널리 퍼질 수 있길 기원합니다.

이상태(시인)

한국에서 만난 **아시아 여류작가 시선집**

계 절 의
다 섯 가 지 색

2018년 11월 30일 1판 1쇄 발행

글　 멀얼게렐, 라르고(Largo), 야마구찌 히데꼬(山口英子),
　　 최다연, 최지인
그　림 최지인
교　정 양계성
편　집 최형준

발행인 최진희
펴낸곳 (주)아시안허브
출판등록 제2014-3호(2014년 1월 13일)
주　소 서울특별시 관악구 신림로19길 46-8
전　화 070-8676-4003　　팩　스 070-7500-3350
홈페이지 http://asianhub.kr

ⓒ (주)아시안허브, 2018

값 10,000원
ISBN 979-11-86908-55-6 (03800)

이 도서의 국립중앙도서관 출판예정도서목록(CIP)은
서지정보유통지원시스템 홈페이지(http://seoji.nl.go.kr)와
국가자료공동목록시스템(http://www.nl.go.kr/kolisnet)에서
이용하실 수 있습니다. (CIP제어번호 : CIP2018037666)